Née pour chanter

PVF

Parlez-Vous-Français ?
P.O. Box 226
Madison, NJ 07940
www.parlez-vous-francais.com

Biographie

Après une carrière artistique dans le domaine de la communication, de la photo et du cinéma, David Hudson est devenu romancier. Il est l'auteur sous divers pseudonymes de soixante livres pour la jeunesse, dont plus de la moitié chez Bayard : ouvrages historiques, récits fantastiques, romans d'aventure et romans d'amour.

© 2005, Bayard Éditions Jeunesse
3, rue Bayard, 75008 Paris
ISBN : 2 7470 1638 2
Dépôt légal : février 2005
Loi n°49 956 du 16 juillet 1949 sur les publications destinées à la jeunesse.

DAVID HUDSON

Née pour chanter

BAYARD JEUNESSE

Avertissement

Si tu aimes le chant, la danse, la musique,
le théâtre ou le cinéma,
ce livre est fait pour toi.
Découvre les coulisses de l'**Art School**,
l'académie des arts du spectacle
la plus prestigieuse de Paris,
où des élèves talentueux travaillent
avec acharnement pour atteindre la perfection.
Leur objectif : devenir des artistes reconnus !

Chapitre 1

Hissée sur la pointe des pieds devant la petite glace des toilettes, Aria lissa ses cheveux et resserra son élastique. « Mauvaise idée, la queue de cheval ! » pensa-t-elle. Outre le fait qu'elle découvrait ses traits irréguliers, cette coiffure ne la vieillissait pas autant qu'elle l'aurait voulu. Ceux qui allaient l'entendre chanter verraient qu'elle avait quinze ans et la traiteraient comme une gamine.

Les filles qu'elle avait croisées dans le studio étaient nettement plus **âgées** qu'elle. À leur aisance, on devinait qu'elles avaient déjà participé à des auditions. Pour Aria, c'était une première. À l'école où elle étudiait le chant et le théâtre −l'Art School, la célèbre académie des arts du spectacle−, il était interdit aux élèves de se produire en public avant le concours de fin d'études. Or, l'enseignement durait quatre longues années. En transgressant cette règle, la coupable s'exposait au renvoi définitif.

Aria tremblait d'être démasquée, exclue et forcée de réintégrer un lycée conventionnel. Pourtant, c'était plus fort qu'elle, il fallait qu'elle sache enfin ce que de vrais professionnels pensaient d'elle. Ses professeurs appréciaient son talent de chanteuse. Certains disaient qu'elle avait une voix promise à un grand avenir pour peu qu'elle lui consacre le temps et les efforts qu'elle exigeait. Mais elle avait besoin d'un autre avis, impartial, impitoyable.

Elle examina une dernière fois son maquillage, léger, pratiquement invisible, sauf le rimmel sur ses yeux noirs. « Mon regard espagnol, mon seul attrait ! » Elle adressa une grimace à son reflet. Elle ne se faisait aucune illusion. Tout ce qu'elle voulait, c'était faire entendre sa voix. Si toutefois elle arrivait à émettre un son, car, pour l'instant, la peur lui nouait la gorge.

Elle consulta sa montre : dix-sept heures. Le moment venu de marcher au supplice. Elle posait la main sur la porte lorsqu'une jeune fille à peine plus âgée qu'elle entra dans les toilettes. Aria reconnut Eurydice Briand, une autre étudiante de l'académie. Le premier moment de surprise passé, Aria éclata de rire :

— Alors, toi aussi ?

Eurydice était en troisième année, c'est-à-dire une année au-dessus d'elle. Au lieu de se divertir de cette rencontre imprévue, la fille afficha un air maussade. Aria haussa les épaules :

— Je sais que je n'ai aucune chance. Je veux juste voir comment ça se passe.

Eurydice prit place devant le miroir avec un sourire condescendant. Elle avait un physique agréable, des cheveux d'un blond très pâle, coupés court, des traits fins, une peau soyeuse. Son jean moulant mettait en valeur sa taille mince et ses reins cambrés. « Sûr qu'elle a plus d'atouts que moi ! » soupira Aria.

— Tu sais ce qu'on attend de nous ? demanda-t-elle.

Elle avait répondu à une annonce sur Internet : « Studio international recherche chanteuses et comédiennes, jeunes et expérimentées, pour spectacle musical. » En réponse à son message, elle avait reçu une convocation lapidaire la priant de se présenter le lundi suivant au studio Arpèges, avenue de Friedland.

— Ils auditionnent pour une comédie musicale, *Antinea,* dit Eurydice d'un ton supérieur tout en se recoiffant. Il faut savoir chanter et danser. Pas de problème !

« Pour toi, peut-être », pensa Aria. À la perspective d'être obligée de danser, elle fut prise de panique. Cette discipline était loin d'être son point fort à l'académie.

— On ne parlait pas de ça sur Internet, objecta-t-elle d'une voix faible.

— Internet ? s'étonna Eurydice.

— Comment tu as su, pour l'audition ?

— Un copain m'a mise sur le coup.

« En plus, elle a des appuis ! » Aria se demanda soudain si elle ne ferait pas mieux de renoncer. Eurydice resserra d'un cran sa ceinture de cuir et sourit avec une ironie cruelle :

— S'ils ne t'ont pas précisé qu'il faut danser, ils vont le faire dans quelques instants.

Elle pivota et sortit des toilettes. Aria la suivit. « En tout cas, elle est dans la même galère. Elle ne me dénoncera pas, songea-t-elle, c'est déjà ça ! »

Des bancs de bois étaient alignés le long d'un couloir. Une quarantaine de filles se trouvaient là. D'autres continuaient à arriver. Aria et Eurydice se dépêchèrent de s'asseoir. Les regards s'attardèrent sur la jolie silhouette d'Eurydice. Sur Aria, ils glissèrent avec une surprise moqueuse ou attendrie. « Cette queue de cheval, quelle stupidité ! » Pour échapper à la curiosité des candidates, la jeune chanteuse se plongea dans la contemplation des affiches qui recouvraient les murs. Toutes les grandes comédies musicales y figuraient : *Cats, Cabaret, Les Misérables...*

– Eurydice Briand !

Une femme aux allures d'institutrice venait de faire son apparition au bout du couloir. Eurydice se leva sans hâte.

– Bonne chance ! chuchota fiévreusement Aria en lui pressant la main.

Eurydice la gratifia d'un sourire amusé avant de marcher d'un pas assuré vers la porte ouverte. Aria se retrouva seule parmi les autres, la peur au ventre. « Je vais être ridicule », pensa-t-elle. Elle avait beau respirer comme on le lui avait appris, se persuader qu'il s'agissait d'un simple exercice, sa panique ne faisait que croître. Elle se levait pour retourner aux toilettes quand Eurydice reparut.

– Comment ça c'est passé ?

– Pas mal, ils veulent me réentendre.

– Tu as dansé ?

– Non... Dommage !

La fille s'étira sur son banc. Aria envia son corps gracieux et sa nonchalance. D'autres candidates furent convoquées. Rares furent celles qui revinrent s'asseoir comme Eurydice.

– Tu as ta chance, murmura Aria avec une joie sincère.

– On verra.

Elle jouait les modestes, mais il était évident qu'elle avait bon espoir.

– Comment tu vas faire s'ils t'engagent ?

Eurydice la dévisagea avec ironie :

— Je dis poliment au revoir et je mène ma vie.

« En troisième année, elle peut se lancer, concéda Aria. Tandis que, moi, j'ai encore tout à apprendre. »

— Aria Clément !

— À toi, dit Eurydice.

La jeune chanteuse était si préoccupée qu'elle n'avait pas entendu son nom. Elle se dressa brusquement, trébucha, piétina les pieds de ses voisines, déclenchant rires et protestations.

— Du calme ! gronda la femme qui introduisait les candidates. Je suis Carmen Aguilar, l'assistante de M. Willers. Qu'avez-vous préparé ?

— Rien, avoua Aria.

L'assistante examina la jeune fille d'un air sévère :

— On ne t'a pas demandé de choisir deux morceaux et de te munir des partitions ?

Aria nota le glissement du vouvoiement au tutoiement. De l'état de candidate, elle était passée brusquement à celui de débutante.

— Je sais par cœur quantité de chants, dans des genres très différents : Mozart, Rossini, Barbara, Nougaro, Madonna, Mariah Carey, Kelis, dit-elle d'une voix précipitée.

Le visage de l'assistante fut parcouru d'une crispation qui était une invitation à la patience.

— Dans la salle où nous allons, il y a un piano,

dit-elle. Et, derrière ce piano, il y a un pianiste.

– Je sais, murmura Aria. Tout ira bien.

Le reniflement de Carmen signifiait qu'elle en doutait. Elle se résolut pourtant à guider la jeune candidate jusqu'à une porte capitonnée à double battant. Celle-ci ouvrait sur un espace composé d'un podium en forme de socle noir et d'un demi-cercle de sièges rouges. Sur la scène, éclairée par des projecteurs, luisait un piano. Dans les fauteuils étaient assis deux hommes et une femme aux cheveux d'un roux flamboyant.

– Aria Clément, se contenta d'annoncer l'assistante avant de s'installer parmi eux.

La jeune chanteuse gagna la scène et salua le pianiste. Le plus âgé des membres du jury consulta ses fiches. Sa voix grave et ses allures autoritaires lui laissèrent penser qu'il s'agissait de Lars Willers.

– Parle-nous un peu de toi, Aria. Quelles chansons préfères-tu ?

Au début, la jeune fille s'exécuta d'une voix contractée, à peine audible. Puis, la passion aidant, elle prit de l'assurance, cita ses compositeurs favoris, ce qu'ils avaient créé de plus génial, les meilleurs interprètes, les enregistrements les plus fidèles. Quand on la mettait sur cette voie, elle était intarissable.

– OK, choisis, dit l'homme en riant.

– Languini ? *La chanson bleue* ?

C'était au pianiste qu'elle s'adressait. Les

doigts du musicien coururent sur les touches. La voix d'Aria s'éleva. La mélodie était belle, mais elle avait la gorge nouée. Quand elle eut terminé, l'homme qui l'avait interrogée demanda :

— Tu n'as rien de plus… rythmé ?

— Tant que vous ne me demandez pas de danser…, dit Aria avec une moue comique.

— Ne t'en fais pas, il s'agit juste de chanter, et de chanter juste.

La femme rousse se mit à rire. L'homme tourna son poignet et regarda sa montre.

— Jackson Kirt, *Saga Dream* ? proposa Aria.

Le pianiste sourit, approbateur. Il jouait bien. Le rythme fou emporta Aria. Sa voix était maintenant libérée, elle emplissait le studio. Le corps de la jeune chanteuse suivait la cadence. Elle n'avait pas conscience de l'effet qu'elle produisait : elle était venue pour le découvrir, mais soudain le jugement des autres perdit son importance. Elle ressentait un plaisir extrême à chanter, et c'était ça l'essentiel.

Lorsque la chanson fut finie, les quatre spectateurs restèrent immobiles et muets. Pas le plus petit commentaire. Carmen raccompagna Aria jusqu'à la porte du studio.

— On t'appellera.

Elle n'était même pas sélectionnée. Tant pis ! Elle avait eu six minutes de bonheur en chantant *Saga Dream* avec ce pianiste aux doigts virtuoses. Que demander de plus ?

Chapitre 2

— Mademoiselle Clément ? Lars Willers vous prie de patienter quelques instants. Il va vous recevoir.

Aria balbutia un vague merci, et se laissa avaler par l'un des fauteuils profonds comme un ventre de baleine. Où avait-elle lu cette expression ? Pullman ? Boulgakov ? Aucune importance. Le luxueux décor de verre et d'acier qui l'environnait était plus intimidant que les locaux étriqués du studio Arpèges. « Lars Willers va vous recevoir ! » Depuis le coup de téléphone de la veille, elle n'avait ni mangé ni dormi, et ne devait pas être belle à voir. On l'avait remarquée, sélectionnée, convoquée dans le saint des saints, les bureaux de Lars Willers à Neuilly. Il lui était venu une folle envie de hurler la fabuleuse nouvelle à tous les vents. Mais elle s'était tue. Par prudence et superstition. Pas un mot à ses parents, ni même à Viktor, son meilleur ami.

Son imagination était en feu.

« On va m'engager, c'est sûr. Lars Willers ne m'aurait pas donné rendez-vous et consacré un temps précieux s'il n'avait pas une offre à me faire. Il va me proposer un contrat, et je vais être obligée de refuser ! Quelle poisse ! Pas question de quitter l'Art School pour le moment, je débute à peine, et puis je me plais dans cette maudite école. Je dois être maso, ma parole ! Travailler comme une forcenée du matin au soir, sans pouvoir aller au ciné, ni me balader. C'est ça ou rien. Toutes les stars de la chanson ont été formées à l'académie. Pas toutes, non, j'exagère. Éloïse Renoir a conquis la scène et s'est hissée en tête des hit-parades après une simple apparition à la télé. Et Véra Simone était célèbre avant d'apprendre à chanter. Pourquoi pas moi ? Rêve, ma cocotte, rêve ! Tu as vu leur look ? Elles sont fascinantes, sexy, belles à mourir. De vraies plantes vénéneuses. Moi, je suis plutôt du genre tulipe, longue, raide et coincée. Si au moins mes seins se décidaient à pousser ! On peut dire qu'ils prennent leur temps, ceux-là ! De toute manière,

Lars Willers n'a peut-être rien à me proposer d'intéressant, un peu de figuration, pas plus. Si je dis non, ce ne sera pas un gros sacrifice. Si, quand même. Au fait, j'aurais dû réviser. J'aurai l'air fin s'il m'interroge sur ses comédies musicales, à part *Stardust* et *Antinea*. Et encore, en dehors des titres... »

— Mademoiselle Clément ?

La secrétaire au physique de top model introduisit Aria dans un bureau sobrement meublé : une table laquée, trois fauteuils de cuir noir. Un homme d'une trentaine d'années lui tendit la main :

— Je suis heureux de vous revoir.

Elle le dévisagea, déconcertée, car l'homme qui était devant elle n'avait rien de commun avec celui qui l'avait interrogée lors de l'audition. Le souvenir lui revint d'un personnage discret, assis en retrait. C'était donc lui, le véritable Lars Willers ! Avec ses lunettes rondes et son blouson de toile, il paraissait un peu insignifiant.

— Vous avez une voix magnifique, mademoiselle Clément. On a dû vous le dire.

Elle rit d'une manière stupide :

— Pas comme ça, non !

— Vous savez pourquoi je recherche une voix ? demanda-t-il abruptement.

— Pour *Antinea,* non ?

Par chance, il ne lui demanda pas ce qu'elle pensait des nombreux spectacles qu'il avait produits.

– *Antinea* est une comédie musicale d'une forme très originale. Le chœur joue un rôle essentiel, comme dans les tragédies antiques. Dans ce chœur, il me faut une voix jeune, pure, très expressive. Mais parle-moi un peu de toi. Tu as quinze ans, et tu étudies le chant…

« Aïe ! Voilà le tu qui rapplique ! » pensa-t-elle.

– Je suis à l'Art School, en deuxième année…

Quelqu'un entra et se mit à parler en anglais. Aria devina qu'il y avait un drame, sur une scène, à Broadway. Sans s'émouvoir, Lars résolut la question en quelques instants. Sa voix était douce. La myopie donnait à ses yeux une sorte de tendre vigilance. « Il me plaît », décida Aria.

Le téléphone vibra à plusieurs reprises. Chaque fois, Lars régla les problèmes d'un ton paisible. Puis son regard attentif revint à Aria :

– Tu sais qu'il me faudra l'autorisation de tes parents si nous devons travailler ensemble.

– Pas de problème. Encore faudrait-il savoir ce qu'ils devront autoriser.

Sans le vouloir, elle avait donné à sa réplique un ton agressif. Elle n'aimait pas qu'on s'adresse à elle comme à une enfant. Lars sourit :

– Je t'ai dit que je cherchais une voix très particulière. Celle-ci fera partie du chœur. Sur scène, nous aurons des artistes célèbres : Eran, Suko, Marvelli, José Mathias, Bernie Seymour… Ils chantent et dansent à merveille. La musique

18

d'Evans est superbe. Les textes sont de Timothée Déon et Hervé Maura. Les décors sont réussis, je crois, malgré quelques malentendus avec le chef décorateur. Ils représentent l'Atlantide. Non pas l'île engloutie, mais le continent légendaire. Tu connais le mythe de l'Atlantide ?

Aria opina :

— C'est un pays merveilleux, détruit par une terrible éruption volcanique au XIIe siècle avant J.-C.

— Tu as bien appris ta leçon, dit Lars en riant. L'action est tragique : une vengeance au paradis. La haine entre deux frères, et l'amour d'Antinea. De temps en temps, sur scène, l'action se fige. Une voix s'élève. L'écho de l'âme de notre héroïne. Un son très pur et tourmenté. Je me trompe sur bien des choses, mais rarement sur une voix. La tienne semble convenir au personnage. Bien entendu, il faudra faire un essai, et travailler. Nous avons huit semaines. C'est beaucoup, et c'est peu. Qu'en dis-tu ?

Subjuguée par la description qu'il venait de faire du spectacle et du rôle, Aria resta muette.

— On dirait que ma proposition te laisse sans voix, ironisa Lars Willers.

— Cette voix sera la mienne ? souffla-t-elle.

— Peut-être, je ne te promets rien.

— Je serai où ?

— Sur scène, mais invisible.

— Invisible, répéta-t-elle.

Il rapprocha son visage du sien, comme si sa myopie lui imposait cette proximité :

— Tu aimerais sans doute paraître devant les spectateurs ?

— Au contraire ! se récria-t-elle. À l'Art School, on nous interdit de paraître en public...

— Alors, tout va bien.

— Et de signer des engagements avant la fin de nos études, ajouta-t-elle d'un ton désolé.

— Ils en sont encore là ? s'étonna Lars. Écoute, pendant deux mois, on va répéter chaque soir à partir de 20 heures. Les représentations auront lieu à 21 heures, sauf le dimanche, où elles se dérouleront en matinée. Rien ne t'empêche donc de poursuivre normalement tes études.

Aria poussa un grand soupir :

— C'est super. N'empêche que, si on découvre que je participe au spectacle, je serai renvoyée.

Lars laissa échapper un mouvement d'agacement, réaction inhabituelle chez lui, comme Aria aurait l'occasion de le vérifier.

— Il y a bien des exceptions, non ? C'est en se familiarisant avec la scène qu'on découvre les clés de ce métier. À Bercy, tu apprendras autant qu'en plusieurs années dans ton académie.

— Les autorisations sont accordées pour un jour ou deux, et encore très rarement. Jamais pour plusieurs mois.

Lars se redressa dans son fauteuil et contempla

le ciel à travers la baie vitrée de son bureau. Aria nota un soupçon de froideur dans son attitude.

– C'est à toi de décider, dit-il. Je m'en voudrais de compromettre tes études. D'un autre côté, ce que je t'offre peut être un formidable tremplin pour ta carrière. Réfléchis.

Devant le désarroi de la jeune fille, il ajouta :

– Pourquoi as-tu passé l'audition, si tu savais que tu refuserais mon offre ?

– Dans l'espoir d'entendre ce que vous m'avez dit.

– Tu es donc satisfaite ?

Elle secoua la tête avec désespoir :

– Plus maintenant, non.

Derrière ses lunettes d'acier, il la considéra avec indulgence :

– Voici ce que je te suggère : puisque tu t'es présentée au casting, pourquoi ne pas aller un peu plus loin et venir aux répétitions ? Après tout, ce n'est qu'un essai. Cette expérience ne nous engage ni l'un ni l'autre. Tu prendras ta décision après. Mais la première chose à faire est de demander l'autorisation de tes parents, car je crois deviner qu'ils ne sont pas au courant de notre rendez-vous. Je me trompe ?

– Non, avoua Aria. Je voulais leur faire la surprise. Pourquoi les inquiéter sans raison ?

– Les inquiéter ?

– L'académie compte beaucoup pour mon père.

— Et pour toi ?

— Beaucoup, aussi. L'ambiance est top, et les profs sont super.

Lars acquiesça :

— Sylvie Graham !

— Vous la connaissez ?

— Elle a chanté dans *Babylone,* mon premier grand spectacle.

Devinant son inquiétude, il fit signe de sceller ses lèvres :

— Motus !

Chapitre 3

Après avoir ouvert la porte, Aria marqua un temps d'arrêt. La chambre, obscure et surchauffée, empestait le renfermé, un mélange de poussière, de sueur et de tabac.

Prenant son élan, elle courut vers la fenêtre, l'ouvrit, repoussa les volets. Un flot de lumière inonda la pièce en désordre. Un grognement de protestation s'éleva du lit défait.

— Debout, Viktor ! ordonna-t-elle.

Au lieu d'obtempérer, le dormeur, un garçon au corps maigre, se réfugia sous son oreiller. D'un geste vif, Aria le lui arracha et le jeta sur une chaise.

– Tu es chiante ! cria Viktor. Tu n'en as pas marre de me pourrir la vie depuis dix ans ?

Ils s'étaient connus à la maternelle, puis s'étaient retrouvés à l'école primaire et au collège jusqu'au renvoi de Viktor.

Sans tenir compte de ses protestations, Aria dénicha le linge sale qui traînait un peu partout et le fourra dans un sac :

– Au passage, on s'arrêtera à la laverie.

Le studio de Viktor était formé de deux anciennes chambres de service dont on avait abattu la cloison. Le père de l'adolescent habitait, trois étages au-dessous, un spacieux appartement où il résidait rarement, car il était toujours en déplacement à l'étranger. En son absence, Viktor était livré à lui-même.

Après s'être occupée du linge, Aria ramassa les papiers, couverts d'une écriture nerveuse, que Viktor jetait n'importe où. L'un d'entre eux lui plut. Elle le fourra dans sa poche.

– Pas mal !

– Te gêne pas, surtout ! râla Viktor.

Quand il ne sombrait pas dans la dépression et la violence, il jouait de la guitare en virtuose et composait de magnifiques chansons. Mais, depuis quelque temps, ses heures d'inspiration devenaient de plus en plus rares.

Aria l'avait poussé vers l'académie. Son talent y avait fait sensation, le temps pour lui d'obtenir une bourse, aussitôt gaspillée. Puis tout s'était gâté, comme d'habitude : il arrivait en retard aux cours, séchait les examens, insultait les profs. Il avait franchi par miracle le concours de fin de première année, grâce à une série de compositions remarquables. Depuis, il était entré dans une nouvelle phase de rébellion, et risquait à tout instant l'exclusion.

Aria vida les six cendriers dans un sac en plastique :

— Tu fumes beaucoup trop, tu sais.

— Dis donc, tu n'es pas ma mère ! fulmina-t-il.

« Encore heureux ! » pensa-t-elle. La mère de Viktor l'avait abandonné quand il avait cinq ans. Son père en avait fait autant, tout en croyant compenser ses absences par de généreuses mensualités.

— Tu as pensé à ma chanson ?

— Tu crois que j'ai que ça à faire ?

— T'abrutir devant la télé, fumer et dormir, ça prend du temps, concéda-t-elle.

Le pire, c'est qu'elle aimait sa voix rauque, cassée par le tabac. Trois paquets par jour ! On aurait dit qu'il prenait plaisir à se détruire. Depuis des mois, elle le suppliait de lui écrire une chanson d'amour. Mais le mot même le révulsait.

Il avait fini par s'asseoir sur son lit et contemplait le ciel d'un air maussade. Ses cheveux longs étaient graisseux. Ses yeux cernés dévoraient son visage aux traits creusés.

— Va prendre une douche ! dit-elle.

Tout en bâillant, il grommela :

— Je me demande pourquoi je te supporte !

— Ah non, mon vieux, c'est moi qui te supporte, nuance ! s'emporta-t-elle.

Quelques instants plus tard, elle sourit en entendant gicler l'eau de la douche. Elle enleva les draps et les étendit sur le rebord de la fenêtre pour les aérer et dissuader Viktor de se recoucher. Puis, réunissant quelques vêtements propres, elle les disposa sur son lit.

Depuis leur plus tendre enfance ils étaient amis, et ils l'étaient restés en dépit des crises du garçon. Avant d'entrer à l'académie, il avait été renvoyé de quatre établissements scolaires pour indiscipline, paresse, insolence, et avait fini par renoncer à ses études en fin de troisième. Aria et Viktor avaient été souvent séparés, une fois durant toute une année, mais leur amitié avait résisté contre vents et marées.

Viktor revint du cabinet de toilette, les cheveux trempés, une serviette nouée autour des hanches. « Il a encore maigri ! » constata Aria. Tandis qu'il s'habillait, elle s'accouda à la fenêtre et l'entendit pester contre les fringues ringardes qu'elle lui avait choisies.

— Quand est-ce que j'aurai ma chanson ? demanda-t-elle.

Il récupéra ses vieilles baskets et shoota dans ses mocassins :

— Tu me les brises, avec ta chanson !

— C'est important pour moi, insista-t-elle.

— Tu parles !

— Je vais passer une audition.

— Ah ouais ?

Sous l'accent gouailleur, elle le sentit soudain attentif. Aria, la sage écolière, la petite fille modèle, allait braver le grand interdit et se lancer dans le showbiz, à la barbe de la mère Martha, la directrice de l'académie. Un sacré scoop !

Ce qu'il ignorait, et devait continuer à ignorer, c'est qu'elle avait déjà passé sa fameuse audition. Elle avait décidé de l'associer à son succès, seul moyen de l'obliger à travailler. Par la même occasion, elle arriverait peut-être à faire reconnaître son talent.

Ils sortirent de l'immeuble et marchèrent en silence vers l'Art School, juchée sur les hauteurs des Buttes-Chaumont.

Le visage crispé, Viktor réfléchissait. Contrairement à Aria, il détestait cette école prétentieuse, et répugnait à soumettre ses projets musicaux à l'appréciation des profs.

« Tu devrais revoir ta mélodie, Viktor. » Ou

bien : « Si j'étais toi, j'emploierais convulsion au lieu de contorsion. » C'était le genre de remarques qui le mettaient en rogne. Il froissait aussitôt son brouillon et le jetait à la poubelle.

Comme ils s'arrêtaient devant la laverie, il grommela :

— Tu es sûre que c'est une chanson d'amour que tu veux ?

— Certaine.

— Les boules !

Elle déposa le linge sale et garda le ticket. Viktor faisait la tête.

— Tu sais que ce n'est pas mon style. Demande à Roméo.

Romain Olivary, surnommé Roméo, écrivait lui aussi des chansons et affectionnait le genre romantique.

— C'est toi que je veux !

« Je veux ! Je veux ! Quand elle a décidé quelque chose, celle-là ! rumina-t-il. Elle a une voix limpide, un vrai cristal, il faut le reconnaître. Mais ce que j'aime, moi, ce sont les voix rauques, qui font penser à des blessures. Mes textes sont faits pour elles. »

— OK, accepta-t-il de mauvaise grâce, mais alors tu me couvres.

Elle le dévisagea avec méfiance :

— Comment ça, je te couvre ?

— À l'Art School, tu m'inventes une excuse.

Tu vois bien que je ne suis pas en état d'aller écouter leurs conneries aujourd'hui.

Elle s'arrêta et lui fit face, l'obligeant à stopper à son tour :

— Je te signale que ça fait deux jours que tu n'as pas mis les pieds à l'école !

— Justement, ça fera trois, un bon chiffre, ricana-t-il. Tu n'as qu'à demander un certif à ton cousin, le docteur.

— N'y compte pas, répliqua-t-elle d'un ton sévère.

Soudain, elle aperçut quelqu'un sur le trottoir opposé et fit de grands signes.

— Madame Graham !

— Arrête ! gronda Viktor. Merde, elle m'a vu !

Il était trop tard pour déguerpir. Sylvie Graham, leur professeur de chant, traversait la rue en pleine circulation pour se joindre à eux.

— Monsieur Viktor Jansen, quelle surprise ! dit-elle. Vous n'avez pas bonne mine.

— Je sors du lit, grinça-t-il.

Aria réprima un sourire :

— Ce n'est pas très prudent, mais il était si impatient de reprendre les cours !

Il se pencha à son oreille et grommela entre ses dents :

— Toi, ma vieille, tu me le paieras !

Chapitre 4

Jean-Loup Clément prit sa fille aux épaules et la dévisagea avec tendresse :

— Tu es bien sûre de toi ?

Aria mit le plus de gravité possible dans son regard :

— J'ai bien réfléchi, tu sais, je ne risque rien. Lars Willers me l'a assuré. On ne me verra pas, et mon nom ne figurera pas au programme.

Son père se détacha d'elle. Depuis quelque temps, Aria le trouvait fatigué et soucieux. La nouvelle de son engagement n'était pas faite pour le rassurer.

— Ce n'est pas à l'académie que je pensais,

dit-il, mais à ta santé. Tu es encore si jeune ! Tu ignores tout du milieu du spectacle, un monde sans pitié. De plus expérimentées que toi se font dévorer.

— Tu as déjà du mal à soutenir le rythme de l'école, renchérit Carine Clément. Comment vas-tu faire pour repartir chaque soir jusqu'à minuit ? Ce n'est pas raisonnable !

Aria pressa les mains de sa mère :

— Raisonnable, non, mais tellement excitant ! Vous réalisez ma chance ? Je vais débuter avec Lars Willers, sans doute le plus grand metteur en scène actuel, avec les chanteurs les plus célèbres !

— Je pense qu'à un moment ou à un autre tu ne pourras pas tout mener de front. Tu seras obligée de faire un choix, s'entêta Carine.

— Eh bien, je le ferai, soupira Aria.

— Quoi qu'il arrive, je veux que tu saches que nous sommes très fiers de toi, dit Jean-Loup.

Pour cacher son émotion, Aria se jeta dans les bras de son père. Il avait le don de trouver les mots qu'il fallait pour la consoler ou l'encourager. Dans son élan d'amour, elle englobait aussi sa mère, bien que Carine eût le grave défaut à ses yeux de la considérer toujours comme une enfant.

Dès le lendemain, Aria eut l'occasion de constater que les craintes de ses parents n'étaient pas infondées et que sa nouvelle existence allait être plus compliquée qu'elle ne l'avait imaginé.

L'Art School était un temple de lumière, aménagé par un célèbre architecte chinois dans les structures d'une usine désaffectée. Un bâtiment presque abstrait à force de dépouillement. Dans ce monde transparent de cloisons, de coupoles et de rosaces de verre, on avait l'impression grisante de vivre en plein ciel. Revers de la médaille : on passait difficilement inaperçu.

Aria eut beau grimper quatre à quatre le petit escalier de fer qui menait aux niveaux supérieurs, elle ne put échapper à Gilles Ansaldi. Celui-ci la coinça à mi-parcours.

— On t'a attendue, hier soir, je te signale !

Aria détourna le visage pour éviter le baiser sur les lèvres. Elle regrettait d'être sortie avec Gilles. Il était beau, mais prétentieux et souvent méchant.

— Je n'avais pas promis de venir, précisa-t-elle.

Mobilisée par la première répétition d'*Antinea,* elle avait oublié le spectacle qu'ils préparaient ensemble à l'académie. Elle aurait bien aimé annoncer la grande nouvelle à Gilles, mais le jeune musicien était entouré de ses amis, Rémy Chatard et Frank Sarasin, et elle ne pouvait pas dévoiler son secret en leur présence.

— Il faudrait savoir ce que tu veux ! s'emporta Gilles. *Harlem* doit être terminé dans quatre mois. Par ta faute, on a pris un sacré retard. Alors, si mademoiselle veut bien nous indiquer ses disponibilités…

Elle détestait quand il se conduisait ainsi pour frimer devant ses copains. Tendre dans l'intimité, il devenait cynique et grossier en présence des autres, comme s'il avait honte de ses sentiments.

– Le soir, ça ne va pas être possible, annonça-t-elle.

Gilles en resta bouche bée, puis il finit par articuler :

– Pourquoi ?

– Parce que je suis fatiguée.

Comme elle s'y attendait, l'excuse ne lui parut pas convaincante. C'était pourtant la vérité, mais elle ne pouvait en dire davantage.

– Tu crois peut-être qu'on n'est pas crevés, nous ? explosa-t-il. N'empêche qu'on assure. Alors, si tu veux déclarer forfait, dis-le carrément !

– Ce n'est pas ça, protesta-t-elle. Je tiens à ce projet.

Elle n'était pas entièrement sincère. *Harlem* était construit sur une idée intéressante, inspirée d'une histoire policière. Le décor imiterait les films en noir et blanc des années 50, et le son, le jazz New Orléans de la grande époque. Ce n'était encore qu'une ébauche maladroite. Tout restait à faire. La musique conçue par Gilles manquait d'originalité, les musiciens n'étaient pas à la hauteur, sauf le guitariste, et sa voix à elle ne convenait pas au blues. Ce constat était d'autant plus inquiétant que *Harlem* devait jouer un rôle essentiel lors du concours de fin d'année. Les étudiants de l'académie préparaient divers spectacles, seuls ou en groupes, notés avec un fort coefficient. Avec *Harlem,* en l'état actuel, c'était l'échec garanti.

— Tu y tiens peut-être, mais on ne le dirait pas, râla Gilles en prenant Rémy et Frank à témoin.

Un flot d'élèves, passant d'un étage à l'autre, les sépara. Cette diversion dispensa Aria de répondre.

— À quel moment on bosse, alors ? soupira Gilles avec une lassitude affectée.

Elle haussa les épaules :

— Je ne sais pas, moi… entre les cours, ou le matin, si tu veux.

— Ça, c'est une idée, je n'y avais pas pensé ! ironisa-t-il.

Comme Rémy et Frank ricanaient stupidement, Aria les planta sur le palier :

— Désolée, c'est l'heure de ma leçon d'harmonie.

En finissant d'escalader la spirale d'acier, elle se sentit soulagée. Leurs réunions du soir n'étaient pas seulement consacrées aux répétitions. Gilles la retenait souvent, après le départ des autres, pour flirter. Or, depuis quelque temps,

Aria ne recherchait plus ces moments-là, elle les fuyait même. Le constat était évident : elle avait cessé de l'aimer. Gilles, en revanche, semblait de plus en plus accro à mesure qu'il la sentait s'éloigner de lui.

En débouchant dans le couloir du dernier étage, elle se heurta à Eurydice. Les deux filles ne s'étaient pas revues depuis leur audition. Vêtue d'un collant noir et de chaussettes de laine rouges, Eurydice sortait d'un cours de danse. Aria constata une fois de plus combien elle était belle.

— Comment ça va ? demanda-t-elle gaiement en s'approchant pour l'embrasser.

Eurydice la repoussa :

— Je suis en nage !

Aria lui adressa une grimace compréhensive et montra le studio où elle était attendue :

— J'ai ma leçon.

— On dirait que ça te profite ! dit Eurydice en riant un peu trop fort.

— Ah bon ?

Eurydice ôta son bandeau d'un geste gracieux pour libérer son front.

— On va toujours en classe quand on est la vedette d'*Antinea* ?

Aria, qui s'éloignait, rebroussa chemin.

— Je ne suis pas la vedette, et d'abord comment sais-tu ça ? chuchota-t-elle.

— J'ai des relations, de bonnes relations. Hélas, ils ne cherchaient pas de danseuse. Félicitations ! C'est vraiment super. Je suis heureuse pour toi.

« Trop gentille », pensa Aria. Devant son air inquiet, Eurydice éclata de rire :

— Rassure-toi, je ne le dirai à personne.

— Tu es sympa, murmura Aria.

La consternation envahit soudain le visage d'Eurydice :

— Mais quelqu'un te trahira.

— Qui ça ?

— Ta voix, ma petite chérie. Je sais que tu resteras en coulisses, mais ta voix retentira jusqu'ici, j'en ai bien peur.

Chapitre 5

Aria ouvrit la porte et pénétra dans la chambre de Viktor à pas de loup. Comme elle s'y attendait, la pièce était vide. Le lit n'était pas défait, et la table était en ordre. Personne n'avait mis les pieds ici depuis qu'elle avait nettoyé, trois jours auparavant. Après une seule journée passée à l'académie, Viktor s'était de nouveau enfui.

« Ramène-le, avait dit Sylvie Graham. C'est sa dernière chance. À cinq reprises, depuis la rentrée, je lui ai évité le pire. À présent, je ne peux plus rien pour lui : ou il revient, ou c'est le renvoi.

— Il a de la chance d'être avec vous, avait soupiré Aria.

– Il a surtout la chance de t'avoir ! »

Sylvie lui avait pressé la main.

Elle connaissait la situation précaire du garçon et appréciait son talent. C'est pourquoi elle avait fait preuve de tant d'indulgence, mais les musiciens fugueurs et les chanteurs muets n'avaient pas leur place à l'académie.

Aria fit sauter la clé de la chambre dans la paume de sa main, tout en réfléchissant. Où pouvait être le fugitif ? Chez son père ? Inutile d'y penser : Viktor n'y allait plus depuis longtemps. Chez un ami ? Il n'en avait aucun, à part elle.

Elle fureta dans le petit logement à la recherche d'une indication. Elle s'y sentait chez elle depuis qu'il lui avait confié un double de la clé en spécifiant : « Tu viens quand tu veux à condition de ne pas déranger mes affaires. » Elle allait se gêner ! Comment nettoyer et mettre de l'ordre sans toucher aux trésors de monsieur ? Des livres, des cahiers à moitié remplis, des feuilles éparses, morceaux de poèmes, chansons ébauchées… Elle conservait les plus beaux pour leur éviter de disparaître dans son foutoir.

C'est ainsi que lui vint une idée. Une semaine auparavant, elle avait recueilli un texte achevé : « Les os sont blancs, les eaux noires, le lotus y trempe sa mémoire… » Au verso du poème, Viktor avait griffonné le nom et l'adresse d'une fille, Marine. Si ça se trouvait, ce texte, Aria l'avait encore. Elle fouilla dans son sac, le retourna sur le lit. Le papier était là, au milieu des autres. Marine de Broglie, 116, avenue Foch. Suivait un numéro de téléphone.

Aria saisit son portable, puis se ravisa. « Ne pas alerter le fugueur ! »

L'immeuble, précédé d'un jardin fleuri, était d'un luxe prétentieux : façades de marbre, hautes fenêtres, garde-corps ouvragés. Aria siffla entre ses dents : « Jolie relation pour un bohémien ! » Sa gaieté disparut lorsqu'elle constata l'absence de sonnettes. À la place, un digicode dont elle ignorait la combinaison. Elle s'assit sur le muret du jardin et scruta les fenêtres. Elle n'eut pas longtemps à attendre : la chance lui sourit sous l'apparence d'une vieille dame vêtue de blanc. Au moment où celle-ci composait le code, Aria se précipita pour lui tenir la porte, avec un « Je vous en prie, madame » très apprécié.

Les sonnettes, enfin. De Broglie, sixième étage. Une voix jeune à l'interphone :

– C'est toi, Audrey ?

Avant d'avoir pu répondre, Aria entendit qu'on actionnait la fermeture de la porte vitrée intérieure. Négligeant l'ascenseur, elle se précipita dans les escaliers recouverts de tapis rouge.

Au sixième, adossée au chambranle d'une porte entrouverte, une jeune fille attendait, pas déplaisante à regarder, quoique moins belle qu'elle ne le pensait. Un peu trop blonde, un peu trop ronde, vêtue d'un ensemble de sport hors de prix, elle discutait d'un air de suprême ennui, un minuscule portable collé à l'oreille.

Sa contrariété s'accrut à la vue d'Aria qui débarquait à bout de souffle sur le palier.

— C'est pour quoi ?

— Viktor, Viktor Jansen, articula Aria.

La fille la toisa d'un air désagréable :

— Vous êtes sa sœur, je présume ?

— Sa mère, rétorqua Aria.

Cette pétasse décolorée commençait à lui échauffer les oreilles.

— Je te rappelle.

La fille referma sèchement son portable et précéda Aria sans un mot d'invitation. Dans un salon cossu, un adolescent vautré sur un canapé regardait la télévision.

— Viktor, ta mère !

Viktor tourna la tête et fit la grimace :

— Non, pitié !

— Moi aussi, je suis heureuse de te voir, murmura Aria.

— Pourquoi es-tu toujours après moi ? grogna-t-il.

La fille, qui s'était assise face au canapé, proposa aimablement :

— Tu veux que je la vire ?

Viktor ne releva pas l'insulte. Quant à Aria,

elle décocha à Marine un regard qui signifiait :
« Touche-moi, et je t'explose ! »

— Qu'est-ce que tu veux encore ? demanda
Viktor avec un soupir résigné.

— Tu devais m'écrire une chanson, tu as
oublié ? dit-elle avec tristesse.

Il se dressa d'un bond et saisit un cahier, dont
il déchira plusieurs pages :

— Je ne l'ai pas oubliée, ta guimauve. Je t'ai
écrit trois textes, plus les mélodies.

— Sauf que mon audition a déjà eu lieu.

Au lieu de lui tendre les chansons, il les jeta
rageusement sur la moquette :

— Tu vois, l'échec, c'est contagieux. Tu
devrais le savoir, à force de te coller à moi !

Comme Marine se penchait pour ramasser les
feuillets, il ordonna :

— Toi, laisse ça !

La brutalité du ton fit à la jeune fille l'effet d'un
coup de cravache. « Comment peut-elle supporter
ça ? » pensa Aria. Cependant, elle ne l'appréciait
pas assez pour la plaindre. Elle sourit à Viktor :

— Échec ? Qui te parle d'échec ? L'audition, je
l'ai réussie toute seule, comme une grande. Lars
Willers m'a engagée pour son *Antinea*. Je vais
chanter trois airs en soliste.

Viktor bondit à genoux sur le canapé :

— Tu déconnes ?

— J'en ai l'air ?

— *Antinea,* c'est à Bercy. Tu veux dire que tu vas monter sur scène ?

— Derrière le décor, mais je serai la voix d'Antinea.

— Génial !

Il sauta par-dessus le dossier du canapé et souleva Aria dans ses bras.

— Si je vous gêne, il faut le dire, lança Marine avec aigreur.

Aria se libéra, ramassa ses chansons d'amour et sourit à la fille :

— Pas du tout, tu es cool de t'occuper de Viktor. Merci pour tout.

— Attends-moi ! cria Viktor.

— Je vais à l'académie, le prévint-elle, la main sur la poignée de la porte.

— Je t'accompagne !

Il disparut au fond de l'appartement. La fille tourna le dos et contempla l'avenue, affectant l'indifférence. Mais Aria remarqua sa main crispée sur le rideau.

— Pas facile de vivre avec Viktor, murmura-t-elle.

Marine se contenta de hausser les épaules. Quelques instants plus tard, Viktor revint, muni d'un sac et coiffé d'une casquette. Il se jeta à plat ventre sur la moquette pour récupérer l'une de ses chaussures qui avait glissé sous un meuble. Puis il gratifia Marine d'une brève étreinte.

— Tu es vraiment obligé de partir ? demanda-t-elle d'un ton suppliant.

Délivrée de ses airs arrogants, elle était presque attendrissante.

— Ma mère s'inquiète, se contenta de dire Viktor.

Chapitre 6

Le mardi suivant, en l'absence du prof de français, ils eurent droit à deux heures de liberté providentielle. Ils les mirent à profit pour répéter *Harlem*. Gilles semblait satisfait de son œuvre. Pourtant, il suffisait de voir l'expression sceptique du professeur d'harmonie pour comprendre que la partie musicale n'était pas au point.

— Il faudrait revoir certains passages, risqua Aria.

— Lesquels ? s'étonna Gilles.

— Tous, en vérité. Il n'y a pas de rythme. C'est vieillot…

Gilles se vexa, puis, quelques instants plus tard,

il s'excusa, promit de retravailler. Aria ne l'avait pas vu d'aussi bonne humeur depuis bien longtemps. Elle en comprit la raison lorsque le professeur et les membres de la troupe eurent quitté le petit auditorium où avait lieu la répétition.

– J'ai une bonne nouvelle, murmura-t-il.

Aria sourit :

– Moi aussi.

C'était l'occasion rêvée de lui annoncer son engagement. Jusqu'ici, au cours de leurs rares tête-à-tête, elle avait senti qu'il n'était pas en état de partager son succès.

– Tu te souviens de notre projet de voyage ?

– Quel voyage ? demanda-t-elle étourdiment.

– Londres, tu en rêvais. Eh bien, c'est fait, j'ai nos billets. Départ le 28 mars, retour le 2 avril. Qui c'est le meilleur ?

Il s'attendait à une explosion de joie. Il fut déçu : le visage de la jeune fille s'assombrit. Elle murmura d'une voix sourde :

– Six jours ! Désolée, c'est impossible.

– Tu plaisantes ! s'écria Gilles. On en parle depuis des mois. De toute façon, il est trop tard. J'ai pu obtenir des tarifs réduits, mais les billets ne sont pas remboursables.

Elle sourit avec gentillesse, persuadée que la révélation de sa gloire naissante atténuerait sa déception. Pour les billets, aucun problème, elle les paierait avec ses cachets.

— Tu connais Lars Willers ? demanda-t-elle d'un air mystérieux.

Il haussa les épaules, agacé :

— Je ne vois pas le rapport !

— Tu le connais ?

— Ouais !

Il avait presque hurlé.

— Je vais chanter dans son nouveau spectacle, à Bercy.

— Toi ? grogna-t-il, comme si elle prenait son rêve pour une réalité.

— Moi, dit-elle, sans pouvoir dissimuler son enthousiasme. Il s'agit d'une comédie musicale à grand spectacle, intitulée *Antinea,* avec quantité de stars, José Mathias, Bernie Seymour, Eran Silver, Mia Suko. Je vais être la voix d'Antinea, tu te rends compte ?

Elle s'attendait à une manifestation joyeuse, comme celle qui avait décidé Viktor à revenir avec elle à l'Art School. Elle n'eut droit qu'à un regard mauvais :

— C'est maintenant que tu me dis ça ?

— Je ne le sais pas depuis très longtemps, et puis je ne pouvais pas le crier sur les toits.

— Tu as eu des contacts, j'imagine, passé des auditions, signé des contrats. Tu aurais pu m'en parler.

— C'est ce que je fais, murmura-t-elle, refroidie par le ton amer du jeune musicien.

– J'ai tout de même mon mot à dire, non ? lança-t-il, agressif.

Le sourire d'Aria s'effaça :

– C'est moi, et moi seule, qui décide de ma carrière, vu ?

– Ta carrière ! ricana-t-il. Tu parles d'une carrière, ce spectacle à la gomme !

Elle comprit soudain que son attitude ne traduisait pas la déception amoureuse, mais bel et bien la jalousie. Gilles jouait au compositeur de génie alors qu'il n'était qu'un musicien sans grand talent. En le découvrant tel qu'il était, elle se demanda comment elle avait pu supporter pendant si longtemps ses discours prétentieux et ses critiques acerbes à l'égard de rivaux plus doués, tels que Viktor. Sa beauté l'avait aveuglée. Elle s'était menti en mettant ses colères sur le compte de la passion. Maintenant, elle mesurait la petitesse du personnage, son manque de générosité, son dépit de la voir s'élever plus haut, plus vite.

– Notre voyage, nos soirées, nos rendez-vous, tout cela ne compte pas, en somme ? dit-il avec rancune. Et je ne parle pas de ce qui arrivera si on découvre que tu as signé un engagement sans autorisation. Adieu, l'académie !

– Personne ne le saura, affirma-t-elle. Je ne paraîtrai pas en scène, du moins pas tout à fait.

– Une voix fantôme !

Son sarcasme la piqua au vif.

— J'ai le rôle principal, précisa-t-elle avec orgueil. Je suis la voix d'Antinea. Je chante d'un bout à l'autre, avec trois merveilleux solos.

— Je vois, grogna-t-il, de plus en plus sombre.

Il semblait si abattu qu'elle ne put s'empêcher de le plaindre :

— J'ai beaucoup hésité, crois-moi. Mais je ne pouvais pas refuser. Tu aurais fait la même chose à ma place, non ?

À cet instant, un groupe d'élèves envahit l'auditorium à grand bruit.

— On en reparle à midi, si tu veux, murmura Aria.

Il émit un petit rire caustique :

— Je ne vois pas ce qu'on pourrait ajouter d'autre ! Tu as tout décidé de ton côté. Comme tu l'as souligné, c'est ta vie, pas la mienne. J'en déduis qu'on peut tirer un trait sur *Harlem,* du moins en ce qui te concerne ?

— Pourquoi tu dis ça ? se rebella-t-elle. Rien n'est changé ici. Entre nous non plus, du reste.

— Entre nous, il y a ta carrière, ton ambition, dit-il pompeusement. Tu as ton petit succès, alors tu oublies ceux qui t'ont donné ta chance, c'est logique.

Sa chance ! Il ne manquait pas de culot. Sa chance ! Tout ça parce que monsieur le grand musicien de troisième année avait daigné l'associer à *Harlem,* elle, débutante de deuxième année. Cette façon de prétendre qu'il avait agi par charité alors qu'elle avait l'une des plus belles voix de l'académie. L'une des plus belles, ne lui en déplaise !

Blessée, elle chercha à l'humilier devant les autres.

— Pauvre Gilles ! s'exclama-t-elle en lui caressant les cheveux d'un geste ironique.

Une fois hors de l'auditorium, elle se crut délivrée de ses injustices et de sa tyrannie, indifférente. Mais, pendant la classe de chant, le chagrin l'étouffa.

— Qu'est-ce qui t'arrive ? s'étonna Laure Visconti, la prof de technique vocale. Détends-toi, respire bien à fond. Comme ça, oui, et lance ta voix, lance-la !

— Excusez-moi, dit Aria. Je ne me sens pas très bien.

Elle sortit au milieu des chuchotements des élèves.

Au fond du couloir, une baie dominait Paris. La pluie, ruisselant sur le verre, faisait penser à des larmes. En même temps, les reflets dorés du soleil perçaient les nuages. « Pourquoi me rendre malade pour un égoïste ? songea-t-elle. Depuis des mois, il me traite comme si j'étais idiote. Je vais lui prouver que j'ai du talent. On parlera de moi. Tant pis si je suis renvoyée ! »

Elle serra de toutes ses forces le garde-fou d'acier qui protégeait la verrière. Derrière celle-ci, le ciel peignait un arc-en-ciel aux couleurs vives. Cette vision lui donna soudain envie de chanter.

Chapitre 7

— Je suis triste pour toi, dit l'homme au costume de soie.

Aria regarda son beau visage altéré par l'émotion. Il venait de se présenter sous le nom d'Andy Warhol et de l'informer qu'elle ne faisait plus partie de la troupe. Lars Willers l'avait envoyé pour lui annoncer la mauvaise nouvelle.

— Je ne comprends pas, balbutia-t-elle, effondrée.

— Je sais que c'est difficile à accepter, soupira Andy en époussetant sa veste bleu nuit. Mais c'est la loi du métier. Le public avant tout.

— Pourquoi le public ? s'insurgea-t-elle. Le

spectacle n'a même pas débuté. Je répète chaque soir depuis un mois. Je sais mes chansons par cœur, chaque nuance. Lars était satisfait. Tout est réglé, et on est à quinze jours de la première. C'est schizo, cette histoire !

Ce qui la rendait folle, c'était que Lars n'eût pas daigné lui communiquer lui-même sa décision. « Après ses compliments et ses promesses, il ne doit pas être fier de lui ! »

— C'est schizo, comme tu dis, s'écria Andy, ravi de l'expression. Cette Margaux Verazzi, si méprisante, je ne l'aime pas beaucoup, mais il faut reconnaître que c'est une merveilleuse cantatrice, peut-être la plus grande de toutes.

Aria ouvrit des yeux stupéfaits :

— Elle va chanter à ma place ? En coulisses ?

— C'est ça qui est fabuleux, dit Andy. Lars a craqué, mets-toi un peu à sa place. La Verazzi vaut de l'or.

Ses superlatifs, sa voix haut perchée et ses gestes précieux finirent par agacer Aria.

— J'ai un contrat, rappela-t-elle.

Il sourit :

— Ne t'inquiète pas, mon petit cœur, tu seras payée, tu auras même un dédit. Lars est très correct.

— Correct ? s'exclama Aria, les larmes aux yeux. J'ai tout sacrifié pour lui depuis des semaines. J'aurais accepté de chanter pour rien, pour le plaisir...

Elle se tut. À quoi bon insister ? Elle n'était qu'une débutante sans importance au milieu des stars qui participaient au spectacle. Pourtant, au cours des répétitions, la plupart d'entre elles l'avaient accueillie avec amitié. Mais comment lutter face à cette Verazzi ?

— La voici, je crois ! s'écria Andy en se précipitant vers la porte.

Restée seule, Aria examina la salle d'enregistrement et la régie, qu'on apercevait à travers la vitre. Tout était étrangement désert. En arrivant au studio, elle n'avait aperçu qu'une secrétaire, et deux techniciens qui erraient dans les couloirs. Les autres chanteurs n'étaient pas encore là. Tous ensemble, ils devaient enregistrer les chœurs d'*Antinea*. Leur retard était d'autant plus inexplicable qu'elle avait téléphoné à plusieurs d'entre eux quelques heures auparavant. « La séance a dû être annulée à cause de mon éviction », se dit-elle, le cœur gros.

L'irruption soudaine d'un personnage extravagant interrompit le cours de ses pensées. C'était une femme d'une quarantaine d'années, dont les cheveux blonds et bouclés tombaient jusqu'à la taille. Sa robe de satin rouge, longue et évasée, semblait sortir d'un bal de l'empereur Napoléon III.

— Ah ! mon enfant, dit la femme. Vous êtes sans doute la secrétaire. Je suis Margaux Verazzi.

Aria regarda avec une antipathie instinctive le visage assez beau, mais trop fardé, de la cantatrice.

— Je ne suis pas secrétaire, mais chanteuse, rectifia-t-elle avec froideur.

Margaux Verazzi émit un rire qui ressemblait à un roucoulement.

— Chanteuse, ma chère, vraiment ? Vous êtes bien jeune pour chanter !

« Et vous, bien vieille ! » faillit répliquer Aria.

— Prenez note, en attendant, ordonna la diva.

Gonflant la poitrine, elle entama un air d'opéra d'une voix de soprano qui frisait le ridicule. « On dirait Bianca Castafiore, le personnage de Tintin », songea Aria en réprimant un sourire.

— Pas mal, n'est-ce pas ? dit la Verazzi. Je chante toujours le *lamento* d'*Iphigénie* pour me mettre en voix. Notez : excellent contenu émotionnel, trémolos un peu excessifs.

« Chevrotement serait plus exact », pensa Aria, effarée. Cette créature était grotesque, et il lui semblait invraisemblable que Lars l'eût choisie pour *Antinea,* un spectacle très contemporain. Soudain, en l'examinant plus attentivement, elle trouva ses traits familiers.

— Andy ! s'exclama-t-elle, stupéfaite.

Au même instant, vingt têtes hilares surgirent derrière la vitre de la régie, et Bernard Paris, l'un des chanteurs de la troupe, entra dans la salle :

— Je te présente Rob Rivers, qui n'a rien à voir avec le célèbre peintre new-yorkais Andy Warhol. Rob va incarner le bouffon d'*Antinea*. Comme tu viens de le constater, il est parfait pour le rôle.

La fausse Margaux Verazzi ôta sa perruque blonde, et Rob salua Aria, qui s'écroula sur un fauteuil, prise d'un rire irrésistible. Pendant ce temps, les membres du chœur rejoignirent le trio.

— C'est une farce stupide ! fit remarquer Jenny, la plus jeune du groupe après Aria. Elle a réellement cru qu'on l'avait renvoyée.

Rob, le visage barbouillé de rimmel, se rengorgea :

— J'ai été assez génial, sur ce coup-là, reconnaissez-le.

— Jusqu'à ce que tu te mettes à chanter, répliqua Aria entre deux accès de fou rire.

Rob roula des yeux indignés :

— Elle n'est pas magique, ma voix ?

Pour en faire la démonstration, il effectua une série de vocalises qui incitèrent les chanteurs à se boucher les oreilles.

— Assez ! Dehors !

Ils le chassèrent de la salle à coups de perruque. Puis, le bouffon expulsé, ils purent enregistrer les chœurs et les solos d'*Antinea,* travail épuisant qui les retint jusqu'à une heure avancée de la nuit.

Les jours suivants, le rythme des répétitions s'intensifia. Le soir de la première représentation approchait. Tout le monde devenait nerveux, directeurs artistiques, acteurs, chanteurs, même

Rob Rivers. Tous, hormis Lars Willers, qui affichait une impassibilité totale.

Jusqu'alors, Aria avait été emportée dans un tourbillon de travail, entre l'académie et la salle la Sellerie royale qui accueillait la troupe. Les derniers soirs ils répétèrent à Bercy. Sur la scène, le décor représentait une ville fantastique et lumineuse surgie des flots. La salle du palais omnisports, encore déserte, ressemblait elle-même à un océan. Devant cet espace immense Aria commença à avoir peur. Peur d'avoir le trac, de se tromper, de rester muette ou d'être reconnue. Léo Flavigny, qui dirigeait le chœur, la rassura :

— Je conviens que, pour un début, ce théâtre de poche manque un peu d'intimité. Mais la sono est parfaite, et le son d'une fidélité miraculeuse. Tu n'auras pas à forcer. Prends plaisir à chanter, comme maintenant, et quinze mille spectateurs le prendront à t'entendre.

La représentation fut très différente de ce qu'Aria avait imaginé. Dans l'espace réservé au chœur, derrière la carcasse d'un navire échoué sur le rivage, au milieu du décor, Aria n'avait sous les yeux que des voyants lumineux et un écran sur lequel défilait le texte des chansons. Léo, le maître de chœur, n'était qu'un figurant dans cet univers électronique. Les voix auraient pu tout aussi bien être enregistrées.

Loin d'être rassurée, Aria se sentit frustrée. Elle n'était qu'un élément invisible, l'envers d'un décor où se déroulaient l'aventure, l'amour, la vie. Un élément écarté du triomphe final, car les spectateurs applaudirent follement, criant, tapant des pieds, exigeant de nouveaux rappels. Jusqu'à seize fois.

Les choristes allèrent saluer le public, se mêlant aux acteurs. Aria resta toute seule, dans l'ombre, comme une coupable, par crainte d'être reconnue. Sa déception était telle que ses parents, venus la féliciter dans sa loge, la trouvèrent en pleurs. Ils mirent cette émotion sur le compte de son succès. Elle n'essaya pas de les détromper.

Elle retrouva le sourire à l'*Auberge bleue,* où la troupe alla dîner après le spectacle. Ils étaient une centaine : comédiens, chanteurs, musiciens et techniciens. Aria fit la connaissance d'un des auteurs, Timothée Déon, et du compositeur, Gaël Evans. À table, on la plaça entre Rob et José Mathias, qui tenait le rôle de l'amant d'Antinea. Elle s'amusa beaucoup. Les deux coupes de champagne qu'elle avait bues participaient à son euphorie. Elle se sentait brumeuse, heureuse, délicieusement lasse. Elle garda assez de lucidité, cependant, pour entendre Lars Willers déclarer qu'il était injuste que la plus jolie voix de sa comédie musicale reste éternellement dans l'ombre.

— Trouvez-moi une solution, exigea-t-il.

En voyant tous les visages se tourner vers elle, Aria comprit que la plus jolie voix était la sienne.

— C'est impossible, balbutia-t-elle.

— Ta voix céleste a contribué au succès de ce soir, dit Bernie Seymour, qui incarnait Antinea.

À 24 ans, Bernie avait déjà triomphé à Londres et à New York. Fascinée par la beauté de la jeune star, Aria se lança dans un discours où elle tentait d'expliquer que sa voix « céleste » se sentait plus à l'aise dans le corps de Bernie que dans le sien. Toute la troupe se mit à rire, et Rob déclara :

— Je crois qu'il est temps de coucher les enfants.

Après le travail acharné des derniers jours et l'émotion de la soirée, Aria se sentait à bout de forces. Elle protesta d'une voix endormie, mais se laissa reconduire par Rob.

À l'instant de la quitter, le bouffon lui confia :

— J'ai la solution pour que tu paraisses en scène et deviennes une célébrité.

— Je suis une célébrité ! protesta la jeune fille d'un air indigné.

— Moi aussi, confia Rob. Chaque fois que je vide une bouteille de champagne !

Chapitre 8

— Tu vas paraître en scène, annonça Lars.

Aria s'affola. Le triomphe d'*Antinea* l'avait grisée, mais pas au point de vouloir rompre avec l'académie.

— La scène, je m'en moque !

— Il faut que tu contemples le public et que celui-ci puisse t'admirer.

Elle montra le décor :

— Depuis mon vaisseau fantôme, j'entends tout ce qui se passe.

— Tu ne sens rien ! s'exclama Rob. La fièvre, la tempête, le déchaînement d'amour…

Aria se mit à rire :

— Tu as de l'imagination !

— Toi, aucune. Regarde !

À son signal, une femme fit son entrée, vêtue d'une robe de prêtresse couleur de sang, le visage recouvert d'un masque d'argent. « Rob et ses déguisements ! » pensa Aria. Comme si elle avait lu dans ses pensées, la prêtresse retira son masque.

— Chloé ! murmura Aria.

Elle n'avait pas reconnu la jeune femme qui chantait dans le chœur à ses côtés.

— Tu vois, impossible de savoir qui tu es, dit Lars.

— On ne te reconnaîtra pas, mais on t'identifiera, ajouta Rob. Tu seras la seule à porter une robe rouge. Les autres seront en bleu.

— Vous allez créer soixante costumes, exprès pour moi ?! s'exclama Aria, incrédule. Et ce masque ? Les autres vont me maudire !

— Aucun risque, dit Chloé. C'est léger, juste un voile.

— Les costumes sont prêts, déclara Lars. Ainsi, le chœur sera placé sur le pont du navire, et non plus à l'intérieur. C'est une idée. Il faut modifier la mise en scène, régler le son. Ce n'est pas seulement pour toi qu'on fait tout ça, même si je ne suis pas fâché de te mettre en valeur.

En définitive, le chœur demeura dans le ventre du navire, au grand soulagement d'Aria. Elle était convaincue qu'elle avait besoin de cet espace clos pour se concentrer. Cependant, à la fin du spectacle elle éprouvait un bonheur indicible à paraître en scène. Avec sa robe rouge, elle était le point de mire des spectateurs. Certains soirs, Bernie et José la prenaient par la main et la poussaient vers le public.

Au moment du salut, les choristes ôtaient leurs masques d'argent. Seule Aria restait voilée, et ce mystère ajoutait à l'attrait qu'elle exerçait sur le public. On devinait qu'elle était « la voix ». Les journalistes cherchaient à découvrir le secret de la grande prêtresse. Ils téléphonaient à Lars, suppliaient l'attachée de presse, assaillaient de questions les chanteurs et les comédiens. Ces derniers restaient muets. Le jeu les amusait. Cependant, Aria ne se faisait pas d'illusion : un jour ou l'autre quelqu'un la trahirait. Il serait temps, alors, de faire un choix entre la scène et l'Art School.

L'incident qu'elle redoutait se produisit un soir où elle s'était attardée plus que d'ordinaire en compagnie de Chloé et de Jenny. Elle entendit un homme dire :

— Je cherche Aria Clément.

« Un journaliste ! » pensa-t-elle. Quelqu'un avait dû lui indiquer le chemin, car les loges des choristes étaient les plus inaccessibles de toutes.

— La porte rouge, dit une voix complaisante.

— Aidez-moi, chuchota Aria.

Chloé, robe dégrafée et chignon en désordre, sortit de la loge pour intercepter l'intrus.

— Aria est partie. Qui le demande ?

— Bernard Sullivan.

— À quel sujet ?

— Je veux seulement bavarder avec elle.

— Je vois, dit Chloé. Eh bien, il faudra revenir un autre soir, mais d'abord téléphoner : 06 80 40 20 80. Vous notez ? L'accès aux loges est interdit.

— Même pour moi ? plaisanta Sullivan.

— Surtout pour vous ! répliqua Chloé. Vous êtes sûr de trouver le chemin de la sortie ? Il serait peut-être plus prudent d'appeler un gardien.

— Vous êtes pleine d'attentions, déclara l'homme avant de s'éloigner.

Chloé regagna la loge en gonflant les joues :

— Quels casse-pieds, ces reporters !

— Tu l'as bien remis à sa place, dit Jenny en riant. Mais es-tu bien sûre qu'il s'agit d'un journaliste ? Sullivan, ça me dit quelque chose.

— Et ce numéro de téléphone, où l'as-tu pêché ? s'étonna Aria.

Chloé pouffa :

— C'est le mien. Compte sur moi pour les faux rendez-vous et les adresses bidon. Il se découragera avant que ce jeu de cache-cache cesse de m'amuser.

Elles plaisantèrent encore un long moment avant de se séparer. Aria se dirigeait vers la station de métro lorsqu'elle entendit son nom :

— Aria ! Aria Clément, attendez !

Elle reconnut la voix de Sullivan et se mit à courir. Il la rattrapa à l'entrée du couloir. La colère d'Aria dissipa la crainte qu'il lui inspirait.

— Arrêtez de me harceler, ou j'appelle la police ! cria-t-elle.

Elle croyait l'intimider. Elle ne suscita qu'un sourire railleur :

— J'irai donc en prison pour trois questions innocentes !

— Trois questions inutiles, je ne répondrai à aucune. Je déteste les journalistes, leur manière de persécuter les gens, de s'immiscer dans leur vie privée.

— Ça tombe bien, moi aussi.

— Vous ?

— Je ne peux pas les encadrer.

Elle le dévisagea, soupçonneuse. Il se mit à rire franchement :

— Alors, tu as cru que j'étais un journaliste ? Je comprends pourquoi tu te sauvais comme si l'étrangleur de Boston était à tes trousses ! J'aurais dû me douter que tu étais trop jeune pour que mon nom te soit familier.

— Bernard Sullivan... le chanteur ? demanda-t-elle timidement.

Le rire du faux journaliste prit une résonance mélancolique.

— L'ex-chanteur serait plus exact.

Elle avait vu sa photo jadis, mais il avait grossi et vieilli depuis cette époque, et elle avait du mal à le reconnaître. Ses parents adoraient ses chansons. Ils les écoutaient souvent. Aria avait encore en tête l'une d'entre elles. La mélodie était belle ; les paroles un peu mélodramatiques. Elle se sentit en confiance.

— Je ne chante plus, poursuivit-il. Mais je n'ai pas abandonné le métier. Je recherche des talents, je les forme, je les lance, je surveille l'évolution de leur carrière. Tu connais Léa Simon ?

— Bien sûr, j'ai tous ses disques.

— Et Maria Meritt, Iris ?

— J'adore Maria, elle a une voix sublime, dit Aria.

— La tienne est plus belle encore, affirma Sullivan. Tu vas devenir une grande chanteuse.

— En attendant, il faut que je rentre chez moi. Demain matin, je vais à l'école, et je tombe de sommeil.

Sullivan lui remit sa carte de visite :

— Téléphone-moi un de ces jours. Promis ?

— La célébrité ne m'intéresse pas, en tout cas pas ce soir, soupira-t-elle en fourrant la carte dans sa poche.

— Menteuse ! cria Sullivan en s'éloignant.

Chapitre 9

Antinea dévorait Aria, au point que l'académie cessa d'être pour elle la maison de lumière, la serre immense où mûrissait son talent. Jusque-là, tout lui avait été trop facile. Elle était bonne élève, studieuse, douée, appliquée. La musique était sa deuxième nature. Sa voix faisait l'admiration de ses amis et de ses professeurs. Soudain, tout cela lui échappait, comme dans ce conte pour enfants où l'héroïne perd ses pouvoirs et se retrouve dénuée de charme et de talent.

Elle s'était trompée en croyant pouvoir mener de front ses études et sa carrière artistique. En dépit de ses efforts, elle courait à l'échec. À l'académie, on se posait des questions à son sujet. Elle n'était plus la même.

Son professeur de français, Julie Gensac, fut la première à sévir :

— C'est la troisième dissertation que tu bâcles, Aria. Que se passe-t-il ?

— Je ne suis pas très en forme, murmura la jeune fille.

— Je me demande ce que cette petite fait de ses soirées ! déclara perfidement Gilles au milieu des rires.

Julie lui imposa silence :

— Toi, Gilles, on ne te demande pas ton avis. D'autant que ton devoir est loin d'être excellent !

Le professeur se consacra aussitôt à la correction. Aria bénéficia d'un sursis, mais elle savait celui-ci provisoire. Un jour ou l'autre, elle serait obligée de fournir une explication. En attendant, le cours de littérature qu'elle aimait tant lui parut interminable. Dès la sonnerie, elle s'enfuit et se réfugia dans la bibliothèque. Debout devant sa baie vitrée, qui dominait Paris, elle contempla les toits inondés de soleil. Bien souvent ce spectacle lui procurait une sorte d'apaisement. En cas de chagrin, elle venait là et finissait par oublier ce qui la tourmentait. Ce jour-là, elle eut beau regarder la ville étalée sous ses yeux, elle ne parvint pas à dissiper ses idées noires. Elle était épuisée, à bout de nerfs. Elle croyait sentir sur elle des regards sournois, jaloux, hostiles. Pour la première fois, elle eut envie d'abandonner ses études.

Au sein de la troupe d'*Antinea,* elle avait trouvé l'amitié et la solidarité. Elle était aimée, admirée, protégée. Son avenir était là, dans le monde des stars. Quitter l'Art School lui parut soudain la solution la plus raisonnable. Elle n'aurait plus à mentir, à s'inquiéter, à passer des nuits blanches, à travailler sans arriver à combler son retard.

Elle avait besoin de repos.

— Tu boudes ?

Gilles se tenait derrière elle.

— Merci pour ton aide, dit-elle.

— Merci pour la tienne. Je parle des trois dernières répétitions. Tu t'étais engagée à venir. On t'a attendue, comme d'habitude.

— Pas le soir, Gilles. Combien de fois faudra-t-il te le répéter ?

— C'était le matin, comme tu l'avais demandé, je te signale.

Un sentiment de culpabilité envahit Aria. Gilles avait des torts, mais il ne méritait pas un tel mépris de sa part.

— Je vais abandonner, ça vaudra mieux pour tout le monde, soupira-t-elle.

— Tu l'as déjà fait, non ?

— La situation sera plus claire. Tu pourras recruter une autre chanteuse.

— À deux mois du concours, pas de problème ! ironisa-t-il.

— Du reste, je vais sans doute quitter l'académie.

Ils se perdirent l'un et l'autre dans la contemplation de Paris, silencieux, visages fermés, Gilles lourd de ressentiment, et Aria, de regret.

La bibliothèque était déserte, à l'exception d'un étudiant plongé dans un livre. Ils étaient seuls, côte à côte et pourtant séparés par l'immense désert de leur désamour.

Eurydice entra dans la salle. En les apercevant, elle vint se joindre à eux. Aria n'aimait guère cette fille à la douceur hypocrite. Pourtant elle apprécia sa présence, car elle la délivrait d'un tête-à-tête avec Gilles. Les lèvres de la jeune fille effleurèrent ses joues.

— Ta vie est compliquée, j'imagine, soupira-t-elle, devant le visage défait de la jeune chanteuse.

— Mais si passionnée ! ironisa Gilles.

— Tu ne peux pas comprendre, dit Eurydice d'un ton de reproche.

Gilles appuya son front contre la vitre et murmura d'une voix sourde :

— C'est vrai, j'ai du mal. On avait souvent évoqué l'avenir, nos deux carrières, et on avait dit : jamais l'un sans l'autre…

— TU avais dit ça ! réagit Aria. Ça t'arrangeait à l'époque. Tu devais monter ton groupe. Tu avais besoin d'une chanteuse.

— C'est toujours le cas.

Eurydice sourit :

— Tu vois la vedette d'*Antinea* dans un groupe amateur ?

— J'oubliais : mademoiselle est une star ! ricana Gilles.

Aria secoua la tête avec mélancolie :

— Je n'ai pas changé, Gilles. C'est toi qui es différent.

— C'est ça, oui !

Sa colère était sur le point d'éclater lorsque Viktor fit irruption dans la bibliothèque et se précipita vers Aria :

— Une heure que je te cherche !

Avisant Gilles, il grimaça un sourire :

— Pas toi. J'avais à parler musique, c'est du chinois pour toi.

— Tiens, le pisseur de poèmes !

Ignorant l'insulte, Viktor se glissa entre Gilles et Aria.

— J'ai fini tes chansons, dit-il à la jeune fille.

Elle lui avait demandé d'autres mélodies, histoire de le retenir à l'Art School et de le forcer à travailler en prévision du concours de fin d'année, si important pour son avenir.

— C'est gentil.

Il fronça les sourcils :

— Tu n'as pas l'air en forme.

Elle sourit avec lassitude :

— Fatiguée !

Il sortit une liasse de feuilles recouvertes de son écriture nerveuse. Gilles tendit la main :

— Montre !

Viktor le repoussa avec un rictus qui n'avait rien d'amical :

— Va faire tes gammes, laisse la musique aux musiciens.

Aria feuilleta les chansons et siffla, admirative :

— Dis donc, tu as sacrément bossé !

— Seize ! dit-il avec orgueil. La meilleure, c'est *Ray charm,* en hommage à Ray Charles.

Il avait toujours admiré le grand pianiste et compositeur américain, l'un des meilleurs jazzmen de son époque. Un musicien aveugle et génial, doté d'une voix inoubliable.

— Tu crois que je pourrai la chanter ? demanda Aria, émue.

— Hélas, non, intervint Gilles. Tu ne lui as pas annoncé que tu quittais l'académie ?

Viktor interrogea Aria en silence. La voix de la jeune fille se brisa :

— C'est dur, en ce moment.

Il hocha la tête. Si Aria partait, il ne ferait pas de vieux os à l'école. Ils s'en iraient ensemble. Mais pourquoi l'avoir obligé à revenir pour abandonner sitôt après ?

De son côté, Aria songeait à la situation de Viktor. Si elle renonçait à ses études, il en ferait autant et reprendrait ses habitudes de paresse et d'excès dans tous les domaines. Elle se força à sourire.

— Ne fais pas attention. J'ai dit ça parce que je n'en pouvais plus. Mais ça ira mieux dans quelques jours. Surtout, pas un mot de ma double vie, recommanda-t-elle avec humour. Dans l'immédiat, je m'accroche, et je compte sur toi pour m'aider.

Eurydice la serra subitement dans ses bras :

— Ne t'inquiète pas, il ne dira rien.

Son élan surprit Aria, d'autant plus qu'en prononçant ces mots la fille ne regardait pas Viktor, mais Gilles. « Étrange comme ces deux-là s'entendent. Je ne les savais pas si proches », pensat-elle, contrariée. Décidément, Eurydice ne lui plaisait pas. Tout était faux dans ce beau visage aux yeux clairs. Il émanait d'elle de la méchanceté, comme le parfum suave de certaines fleurs empoisonnées.

— Adieu, l'académie ! gloussa Viktor. Les oiseaux chantent mieux en liberté.

Aria se mit à rire. Les deux garçons se penchaient vers elle comme s'ils attendaient une réponse. Mais cette réponse, elle l'avait donnée : elle restait, pour l'instant. Qu'espéraient-ils d'autre ? Ils avaient la même expression. Pourtant, ils étaient très différents. Elle pensa que Viktor aurait mérité d'être aussi beau que Gilles.

Au lieu de ce visage ingrat, il aurait dû avoir les traits fascinants de l'autre. Cette beauté la troublait encore malgré elle.

Pour chasser son émotion, elle se tourna vers Viktor.

— Je chanterai toutes tes chansons, promitelle. Mes préférées, je les enregistrerai.

Chapitre 10

Durant la nuit, Aria souffrit d'un mal de gorge et d'une forte migraine. Le matin, sa voix était méconnaissable. Sa mère fit venir le docteur Jo Henriot, qui était leur cousin.

– Somptueuse angine rouge ! s'extasia-t-il.

Aria s'affola :

– Jo, il faut à tout prix que je chante, ce soir ! Je n'ai pas le choix !

– Avec ta voix de canard ? Je te le déconseille. Pour les pauvres spectateurs, d'abord, et pour toi, surtout. Si tu forces, ton angine ne durera pas huit, mais quinze jours.

– Huit jours ! s'exclama Aria consternée.

Elle avala docilement les médicaments que Jo tira de sa trousse.

– Un peu de repos ne te fera pas de mal, décréta-t-il.

Elle songea avec désespoir : « Ça fiche ma carrière en l'air ! » Elle imaginait avec angoisse l'interruption des représentations, la déception des artistes.

Elle obligea son père à téléphoner à Lars, à Léo, à Rob, aux deux directeurs artistiques, et, pendant les conversations, elle resta collée contre lui à se ronger les ongles et à le harceler de questions : « Qu'est-ce qu'il a dit ? Il n'est pas fâché ? Comment vont-ils faire ? »

– Qu'elle se soigne bien, recommanda Lars.

– Sa voix avant tout, dit Rob.

– Et pour ce soir, la représentation, ils ne t'ont rien dit ? trépigna Aria.

Jean-Loup sourit :

– Rien, mais je suppose qu'ils ont dû prévoir la situation. Les dieux de la scène tombent malades tout comme nous autres, pauvres mortels !

– Je n'ai pas envie de plaisanter ! s'indigna Aria.

Sa tentative pour hausser le ton s'acheva par une note aiguë qui déclencha les sourires attendris de ses parents.

– Quelle jolie voix, ma chérie, dit sa mère en la serrant dans ses bras.

Aria était brûlante de fièvre. Tandis que son père courait à la pharmacie, Carine, sa mère, aida Aria à se recoucher. La tête de la jeune fille était lourde, ses pensées embrumées, à cause des médicaments que Jo lui avait administrés. Elle ne tarda pas à s'endormir et ne se réveilla que vers le milieu de l'après-midi. La maison était silencieuse. Ses parents étaient partis à leurs bureaux respectifs. Elle était seule. Sa première pensée fut pour *Antinea*. Le rideau allait se lever dans quelques heures. Sans elle. Elle saisit son portable et appela Chloé.

– C'est bien toi, Aria ? Quelle voix tu as ! dit la jeune chanteuse en riant. On dirait Rob dans le rôle de Barbe-Noire, le pirate !

– Comment ça se passe, pour ce soir ?

– Ne t'inquiète pas, dit Chloé. C'est Lydie qui reprend tes solos en ton absence.

Lydie avait l'une des plus belles voix de la troupe.

– Elle se débrouille bien, tu sais.

– Je sais.

Cette nouvelle aurait dû la rassurer. Au contraire, elle se sentit déprimée. Une autre avait pris sa place le plus facilement du monde. À force de répéter avec Aria, elle connaissait son rôle par cœur. Ce soir, peut-être que personne ne s'apercevrait de la substitution… à moins qu'on juge Lydie meilleure. Et si elle

75

ôtait son masque pour le salut final ? Et si les journalistes...

— Aria, ça va ?

Chloé avait perçu son désarroi.

— Ma voix n'est pas seule à être brisée, plaisanta-t-elle.

— Alors ce ne doit pas être joli joli, dit Chloé en riant. Je viendrai t'embrasser avec Jenny. En attendant, sois sage.

Quand Chloé eut raccroché, Aria se sentit plus seule encore. Elle n'aurait pas dû téléphoner. Maintenant, elle ne pouvait s'empêcher de penser à Lydie. Jusqu'au dernier moment, elle avait espéré que Léo utiliserait l'enregistrement de sa propre voix. Mais la manière dont le spectacle était conçu excluait le recours au différé. Lydie avait été formée pour la remplacer dans des circonstances comme celle-là. Aria ne l'ignorait pas. Alors, à quoi bon se mentir ? Le spectacle devait continuer quoi qu'il arrive.

Elle regarda avec répulsion les médicaments alignés sur sa table de nuit. Antibiotique, anti-inflammatoire, antiseptique, antidouleur. Anti ! Son miroir lui renvoya le reflet de ses yeux cernés et de son visage fiévreux. « J'aurais dû emporter mon masque pour recevoir mes visiteurs », se dit-elle. Mais elle n'eut pas de visite, ni d'appel téléphonique, et pas davantage de SMS. Le silence absolu.

Six mois auparavant, elle avait eu la grippe. Elle songea avec nostalgie que Gilles était venu la voir chaque soir, et qu'il lui avait téléphoné cinq ou six fois par jour. Ce temps-là était loin. Gilles ne s'intéressait plus à elle. Tous ses amis d'autrefois s'étaient éloignés. En réalité, c'était elle qui avait pris ses distances. *Antinea* l'avait accaparée, la forçant à refuser toutes leurs invitations sous les prétextes les plus fallacieux. Elle réalisait soudain ce que son attitude avait d'égoïste et de vexant. Elle avait changé d'amitiés comme de costumes. Un jour, sans doute, la célébrité la séparerait de tous ceux qu'elle aimait.

Au plus sombre de ses pensées, elle entendit sonner à la porte d'entrée, et la visite qu'elle espérait lui parut brusquement importune. Elle n'était pas en état de recevoir. « Avec la tête que j'ai ! » Un ami aurait téléphoné. L'infirmière, sans doute ? Elle se traîna jusqu'à l'interphone.

— C'est le SAMU ! dit une voix rauque qu'elle aurait reconnue entre mille.

— Salut, Viktor. Je t'ouvre, mais je t'avertis : je ne suis pas belle à voir !

— Pire que d'habitude ? gloussa Viktor.

Quelques instants plus tard, il débarqua dans l'appartement en traînant deux énormes sacs et une valise carrée.

— C'est quoi, ce bazar ? demanda Aria, effarée.

— Ton médicament. Au fait, tu as saisi le subtil

77

jeu de mot : SAMU, ça mue, du verbe muer, changer de voix, grincer…

Aria leva les yeux au ciel :

— La voix des filles ne mue pas, je te signale.

— Ce n'est pas ce que j'ai cru entendre à l'interphone, ricana-t-il.

Déposant son chargement au milieu du salon, il déballa une guitare électrique, un ampli et des baffles.

— Pitié ! grimaça-t-elle. J'ai mal au crâne. Et les voisins ? Tu ne vas pas recommencer comme l'année passée, semer la révolution dans l'immeuble ?

— Seulement si tu te mets à chanter. Tu sais que tu as une voix incroyable.

Après quelques accords, il se mit à jouer. Mais, délaissant le jazz-rock qu'il affectionnait, il choisit des chansons romantiques : Sinatra, Martin, Davis, dont il avait rythmé la musique et modifié joliment les paroles.

— Pas mal, apprécia Aria. Avec ça, tu vas faire fureur à l'Olympia !

Il tira des sanglots déchirants de sa guitare.

— Je t'avais prévenue : c'est un médicament, de la catégorie sirop pour la gorge ou guimauve contre les maux de dents.

— Tu dis n'importe quoi ! soupira-t-elle. Au fait, j'ai adoré les chansons que tu m'as composées.

Viktor fit hurler son instrument.

– Je n'aime pas beaucoup cette association d'idées. J'espère qu'elles sont meilleures que ces romances pour vieilles dames.

– Six d'entre elles, surtout. Dommage que je ne puisse pas te les chanter, dit-elle d'une voix enrouée.

– Heureusement, tu veux dire !

– Sitôt rétablie, je les enregistre. Dick va m'aider, il est ingénieur du son et travaille pour Willers. Je suis sûre que Lars sera emballé en écoutant le disque. Ah, j'ai oublié de te dire… j'ai rencontré Bernard Sullivan, un imprésario. Il a lancé toutes sortes de grandes vedettes, comme Iris…

– Stop ! Calme-toi.

Viktor posa la main sur le front de la jeune fille, mais elle le repoussa :

– Fiche-moi la paix !

– Tu as de la fièvre, au moins 40°.

– C'est toi qui me mets dans cet état chaque fois qu'on est ensemble. Tu ne m'écoutes pas !

– Non ? Et comment crois-tu que j'écris ces chansons ? En t'écoutant. Je ne fais que ça. Je t'écoute, et je t'observe. Curieux spécimen !

Aria voulut se lever et fut prise de vertige. « Je suis dans les vaps ! » gémit-elle. Sa fièvre avait grimpé et, malgré ce qu'elle avait prétendu, Viktor n'y était pour rien. C'était l'ami le plus généreux qu'elle ait jamais eu.

— Tout ce que je veux, c'est qu'on reconnaisse ton talent, balbutia-t-elle.

— En me lançant comme un produit de beauté ?

— En chantant tes chansons.

— C'est ce que tu fais, non ?

— En publicité... Non, je veux dire en public...

Elle s'effondra sur le canapé :

— Je ne sais plus ce que je dis, moi...

— Tu ne l'as jamais su, ma vieille, si tu veux mon avis, murmura Viktor.

Il la souleva dans ses bras, la déposa sur son lit, remonta sa couette jusqu'à son menton et ferma les rideaux. Elle dormait déjà. Sans faire de bruit, il débarrassa le matériel qui encombrait le salon en maugréant :

— Pas très réussi comme traitement !

Chapitre 11

– Une vraie nounou !

Le rire d'Aria ne récolta chez Viktor qu'un grognement hargneux.

– Tu vas mieux, ça se voit !

– Grâce à toi.

– Si j'avais su !

Elle l'avait réveillé sous prétexte de réviser les examens blancs en sa compagnie, et elle affichait une forme olympique alors qu'il tombait de sommeil. Bref, elle était méconnaissable. Après dix jours de repos forcé, subitement, elle s'était sentie mieux. Elle avait mis un pull en laine et une écharpe, et elle était sortie de chez elle sous un ciel radieux.

Durant sa maladie, le printemps avait fait son apparition. Dans le parc de l'académie, les arbres s'auréolaient de vert tendre. Les filles portaient des hauts qui laissaient leurs hanches nues. Aria écarta les bras et tourna sur elle-même en criant :

— J'adore cet endroit !

— L'autre jour, tu parlais de tout plaquer, grommela Viktor.

Elle sourit, malicieuse :

— J'étais à bout, tu comprends, à bout. Mais j'ai récupéré des forces. Je vais rattraper le temps perdu, m'occuper de toi.

Ces derniers mots étaient destinés à le mettre en rogne. S'il y avait une chose que Viktor détestait, c'était qu'elle se mêle de ses affaires et organise sa vie. Or, depuis des années, elle prenait plaisir à jouer le rôle de sœur aînée, alors qu'il était sensiblement plus âgé qu'elle.

Il rejeta ses cheveux en arrière d'un geste rageur :

— Je te préférais fiévreuse. Au moins, j'avais la paix !

— Sale caractère !

Elle éclata de rire, puis se plaça devant lui pour le forcer à la regarder.

— Tu n'oublies pas, pour ce soir ?

Il la contourna, agacé :

– Aucune chance, tu me le rappelles toutes les dix minutes.

– C'est important, tu comprends.

Il avait promis de l'accompagner à Bercy pour assister à la représentation d'*Antinea*. Elle brûlait d'impatience à l'idée de voir le spectacle avec les yeux du public. Viktor avait protesté : « Ton machin, je l'ai déjà vu deux fois. J'en ai marre ! Et puis, ce n'est même pas toi qui chantes ! » « Justement, tu me donneras ton avis. » Il avait cédé : on ne résistait pas à Aria.

Elle avait cours de chant. En la voyant arriver après sa longue absence, Sylvie Graham l'accueillit avec une douceur maternelle :

– Surtout, n'essaie pas de chanter, pas encore.

C'étaient les propres mots de Lars Willers : « Surtout, n'essaie pas de chanter. » En attendant, une autre la remplaçait. Et ça, ça la rendait folle ! D'où sa résolution d'aller à Bercy incognito pour surprendre ses camarades dans leurs loges.

Jenny et Chloé avaient été merveilleuses. Elles étaient venues lui rendre visite à trois reprises, la dernière fois en compagnie de Rob, qui voulait à tout prix enregistrer sa « voix d'enfer ». Selon eux, le spectacle marchait de mieux en mieux. Chaque soir, ils jouaient à guichets fermés. Aria l'avait vérifié en cherchant désespérément deux places sans user du privilège auquel son nom lui donnait droit. Les nouvelles étaient excellentes. Alors pourquoi cette appréhension, ce sentiment d'être exclue parmi des amis fidèles et chaleureux ?

« Tu ne t'aimes pas », répétait Viktor. En un sens, il avait raison : elle était bourrée de complexes. Mais ce jour-là une sorte d'exaltation l'empêchait de douter d'elle. Ses forces étaient revenues, sa voix aussi. Prudence. Rire suffisait. Pour chanter on verrait un peu plus tard.

À la sortie de la classe de chant, elle aperçut Viktor et Gilles qui marchaient à sa rencontre sans s'être concertés.

— Voilà notre virtuose ! lança Viktor.

Gilles était entouré du groupe de *Harlem*. Avec eux, il y avait Eurydice et une fille dégingandée, Bérénice, qui donnait l'impression de ne savoir que faire de ses membres.

— Te voilà guérie, constata Gilles.

Durant dix jours, il ne s'était pas manifesté une seule fois pour prendre de ses nouvelles.

— On va répéter, dit-il. Tu viens ?

— Pourquoi pas ?

Il s'attendait tellement à un refus qu'il en resta muet. Puis il se tourna vers ses partenaires, les bras levés, comme s'il avait été témoin d'un miracle.

— Mais je ne pourrai pas chanter, ajouta Aria.

— On ne t'en demande pas tant !

Pour atténuer le sarcasme, Eurydice dit avec gentillesse :

— Tu vas nous donner ton avis. Le projet a subi bien des changements depuis un mois.

— J'ai revu entièrement la partition, précisa Gilles d'un air important.

— Je suis impatient d'entendre ça, gloussa Viktor.

Aria lui lança un regard de reproche. Gilles, qui avait surpris leur manège, se tourna vers Viktor et lui demanda, agressif :

— Qu'est-ce que tu as dit ?

Viktor prit l'air innocent :

— J'aimerais vous voir répéter, moi aussi.

— On a sucré ta chanson, prévint Eurydice.

— *Acier* ? dit Viktor. D'abord ce n'était plus ma chanson. Je l'avais offerte à Aria. Libre à elle d'en faire mauvais usage. Mais, entre nous, on se demandait ce que ce morceau venait fiche au milieu de votre carnaval.

— Trop froid, trancha Gilles.

— Métallique, confirma Viktor.

Il s'étira en bâillant et adressa un clin d'œil à Aria.

— Moi, je l'aimais bien, cette chanson, fit remarquer Marco, l'un des membres du groupe.

Viktor fut touché par sa remarque, car il appréciait le talent de Marco. Celui-ci était bon guitariste. Ils avaient joué quelquefois en duo, et Viktor ne comprenait pas pourquoi le jeune musicien figurait au sein d'un groupe aussi médiocre.

Ils gagnèrent tous l'auditorium. La troupe s'installa sur la scène. Elle se composait de trois danseuses, quatre musiciens et une chanteuse, Bérénice, sous la direction de Gilles.

Après une mise en place laborieuse, le spectacle commença, et Aria constata aussitôt que la nouvelle version était encore plus médiocre que l'ancienne. Gilles avait tenté de donner à son projet plus de rythme et de vivacité. Le résultat était pitoyable. Les séquences musicales se chevauchaient sans la moindre cohérence. Les danseuses, malgré leur talent, surtout celui d'Eurydice, semblaient désorientées. Bérénice s'égosillait, écrasée par la musique. La guitare de Marco sombrait dans ce fatras musical. Le regard consterné qu'il jetait à Viktor prouvait qu'il était conscient du ridicule de sa situation.

— Qu'est-ce que tu en penses ? demanda Gilles à Aria lorsque ce fut terminé.

La jeune fille ferma les yeux. Elle cherchait désespérément un semblant d'éloge pour atténuer l'impression pénible que lui procurait l'ensemble. Mais elle avait beau se creuser l'imagination, elle ne trouvait pas le moindre élément positif.

— Alors ? s'impatienta Gilles.

— Je préférais la première version, finit-elle par articuler.

— Tu n'arrêtais pas de critiquer sa lourdeur, sa mollesse, fit remarquer Eurydice avec aigreur.

Aria haussa les épaules :

— En tout cas, je ne me vois pas chanter cette musique-là.

— Qui te le demande ? s'exclama Eurydice.

— Bérénice se débrouille fort bien, affirma Gilles.

— C'est vrai, reconnut Aria, partagée entre l'humiliation et le soulagement d'abandonner ce rôle stupide à une autre.

— Je ne chante pas aussi bien que toi, soupira la grande fille en se torturant les mains.

— Sans doute, mais tu ne te prends pas pour une star, toi, dit Eurydice.

Il y avait tant de méchanceté dans ses paroles qu'Aria en fut déconcertée. Elle allait lui en demander la raison lorsque Viktor, jusqu'à présent silencieux, explosa brusquement :

— C'est pour écouter ces conneries que vous nous avez fait venir ?

— D'abord, on ne t'a pas fait venir, comme tu dis, rappela Eurydice d'un ton méprisant. Tu t'es pointé sans être invité.

— Je croyais entendre de la musique.

— Écoutez-le, notre bouffon de la chansonnette ! railla Gilles. Il va nous expliquer comment concevoir un spectacle, alors qu'il n'a jamais mis le pied sur une scène.

Viktor saisit le musicien par le col et rapprocha son visage du sien.

— Il vaut mieux dire la vérité en face que cracher son venin par derrière. Aussi, je te le dis : ton *Harlem,* c'est de la merde !

Furieux, Gilles chercha à frapper son agresseur, mais Viktor le repoussa si brutalement qu'il tomba en arrière. On entendit un craquement.

— Ma guitare ! s'écria Marco.

Aria se précipita vers Gilles, étendu dans les débris de l'instrument. Devant sa grimace de souffrance, elle lança à Viktor un regard de reproche :

— Qu'est-ce qui te prend ?

Viktor haussa les épaules d'un air dégoûté et sortit de la salle en grondant :

— Si ça te plaît de te laisser ridiculiser par ces deux enfoirés, surtout ne te gêne pas !

Gilles voulut se redresser pour se jeter sur son adversaire, mais il retomba, pitoyable, un pied dans les cordes de la guitare, en hurlant :

— Tu me le paieras, minable !

Constatant que seule sa vanité était blessée, Aria l'abandonna pour se lancer à la poursuite de Viktor. Elle le rejoignit au milieu des escaliers et lui saisit la main.

— Attends ! supplia-t-elle. Si tu savais ce que je m'en fiche, de ce rôle ! Ce n'était pas la peine de te mettre dans cet état. Tu sais que je déteste la violence.

Viktor se contenta de sourire d'un air de pitié :

— Ma pauvre Aria, ouvre les yeux. Il n'est pas question du rôle qu'on a donné à une autre, mais de celui qu'on te fait jouer malgré toi !

Il s'esquiva sans un mot de plus. Ce n'est qu'en regagnant l'auditorium qu'Aria comprit ce qu'il avait voulu dire, à la vue de Gilles et Eurydice, amoureusement enlacés.

Le soir, Aria dut se rendre seule à Bercy, car Viktor avait disparu une fois de plus. La trahison de Gilles affectait la jeune fille, mais plus encore l'absence de Viktor, son seul ami. Elle lui avait reproché son geste, alors qu'il prenait sa défense. « Je suis vraiment nulle », pensa-t-elle.

D'abord, *Antinea* lui fit oublier ses regrets. Vu de la salle, le spectacle était encore plus majestueux. La musique et les chants, qu'elle connaissait par cœur, la faisaient frissonner. Puis arriva le premier des solos, son préféré, intitulé *La ballade de l'océan*. La voix de Lydie s'éleva, pure et mélodieuse. Le public retenait son souffle. « Elle chante mieux que moi », se dit Aria, bouleversée. Son cœur, déjà éprouvé, se serra. Pour la deuxième fois, ce jour-là, une autre venait de prendre sa place.

Chapitre 12

Léo lui téléphona le lundi à neuf heures du matin.

— Seize heures à Bercy. Répétition générale.

— Qu'est-ce que j'apporte? demanda Aria sans réfléchir.

— Ta voix.

C'était jour de repos. La troupe ronchonnait pour la forme. Pourquoi répéter alors que le spectacle était au point? Harry et Olaf, les directeurs artistiques, étaient des perfectionnistes. Que le diable les emporte! Les chanteurs regardaient leurs montres. Quand est-ce qu'on allait commencer?

Soudain, ils aperçurent Aria, et se précipitèrent à sa rencontre.

— Deux semaines, non mais des fois !

— Elle est bronzée ou je rêve ?

— Les Caraïbes, faut pas t'en faire, ma cocotte !

Aria riait et se traitait d'idiote. Quelques jours auparavant, après avoir entendu chanter Lydie, elle avait renoncé à rendre visite à ses amis dans leurs loges et s'était enfuie. Maintenant, ils étaient tous là. Elle reprenait sa place parmi eux comme si elle l'avait quittée la veille.

Ils chantèrent tous ensemble. Aria attaquait l'un des solos quand Rob l'interrompit avec consternation :

— Qu'est-ce qui est arrivé à ta voix ?

Aria pâlit :

— Ma voix, pourquoi ?

Le bouffon leva les bras au ciel :

— Où est ta voix de blues, cassée par l'alcool, fêlée, éraillée, délicieusement voilée ? C'est quoi, ce soprano épuré que tu nous sers ?

Il imita la voix enrouée d'Aria au milieu des rires de la troupe.

— Quand tu auras fini…, soupira Léo.

— On n'a pas toute la journée ! tempêta Harry.

Rob fit semblant de s'éloigner en rasant les murs. La répétition reprit. Lydie s'était fondue dans le chœur. Aria chantait ses solos comme avant. Léo souriait. Rien n'avait changé. Sa voix était la même, capable de faire naître un sourire sur le visage perpétuellement sévère du maître de chœur. Ici, tout était simple, magique. Aria se disait que ce monde était vraiment le sien. Elle n'en voulait pas d'autre, surtout pas celui des Gilles et des Eurydice. « S'ils pouvaient me voir ! » songea-t-elle. Comparé à leur dédain, le regard porté sur elle par tous ces grands artistes avait un délicieux goût de revanche.

Pendant une interruption, une voix la tira de sa béatitude :

— Il faut que je te parle.

Elle aperçut les lunettes rondes de Lars Willers. Le producteur aimait surprendre les gens. Il apparaissait souvent à l'improviste, assistait aux répétitions et aux spectacles sans dire un mot, et disparaissait comme il était venu.

La pièce où il la conduisit ressemblait plus à un cagibi qu'à un bureau. Une table, deux chaises de plastique hideuses, un miroir, des piles d'affiches et de vieux programmes jusqu'au plafond.

— *Antinea* est mon plus grand succès, dit-il. Ton contrat se termine en juin, si je me souviens bien ?

Le cœur d'Aria se serra. Voulait-il le modifier ?

— Le 22, confirma-t-elle d'une voix tremblante.

— On me propose d'enchaîner à Londres, à partir du 16 juillet. Contrairement à Paris, les comédies musicales y marchent très fort en juillet-août. Je vais accepter.

— C'est super! s'écria Aria.

— Alors, c'est oui?

Elle regarda ses joues rasées de près, son costume clair, ses chaussures impeccablement cirées, et les trouva incongrus dans la pièce sordide.

— Oui? À quel sujet? demanda-t-elle avec perplexité.

— Mais pour Londres, pour te joindre à la troupe. Au moins pendant trois mois. Les cours de l'académie ne reprennent qu'en octobre, non? À ce moment-là, tu décideras si tu veux arrêter ou continuer. Je t'ai préparé un nouveau contrat, beaucoup plus intéressant, tu verras...

Aria ferma les yeux, étourdie par cette avalanche de bonnes nouvelles. Tout allait si vite! La veille encore, elle se croyait condamnée à réintégrer la masse des choristes tandis qu'une autre deviendrait soliste. Et, au lieu de confirmer cette disgrâce, on la traitait comme une vedette.

— Cool!

Face à cette joie enfantine, les yeux de Lars pétillèrent derrière ses lunettes rondes.

Comme elle riait toujours en sortant de son placard, Rob lui fit les gros yeux:

— Où tu te crois? À la récréation?

— Je vais chanter à Londres, tu te rends compte? s'exclama-t-elle en lui sautant au cou.

Il leva les yeux au ciel d'un air fataliste:

— Une mioche comme toi!

Il continua à la taquiner une bonne partie de la répétition, déclenchant des fous rires et gênant le travail des choristes. On le chassa. Aria s'appliqua. Il y avait bien longtemps qu'elle n'avait pas été aussi épanouie.

Avant de quitter les autres, elle songea à Lydie et alla la serrer dans ses bras :

— Merci de m'avoir remplacée.

— C'était une expérience merveilleuse et éprouvante, dit la jeune chanteuse sans manifester le moindre dépit.

— Je suis venue t'écouter, tu sais.

Lydie la dévisagea, stupéfaite :

— Je ne t'ai pas vue !

— Je me planquais. Avec ma tête de clown ! mentit Aria. Ça ne m'a pas empêchée d'admirer ta façon de chanter.

Lydie rougit de plaisir :

— Tu es gentille, mais ta voix à toi a quelque chose de magique, tout le monde te le dira.

— Tout le monde ! confirma Bernard Sullivan.

— Qu'est-ce que vous faites là ? s'étonna Aria tandis que Lydie s'éclipsait discrètement.

Il s'installa tranquillement dans un coin du décor et l'attira à son côté.

— Je te cherchais. J'ai constaté avec plaisir que tu avais retrouvé ta voix. Elle m'a manqué, celle-là !

— Vous n'êtes pas ici pour moi ?

— Bien sûr que si !

— On peut dire que vous êtes têtu ! dit-elle en riant. Je vous ai déjà dit non !

Sullivan prit l'air stupéfait :

— Je croyais que tu avais accepté.

Elle le dévisagea, scandalisée par sa mauvaise foi :

— C'est faux !

— Pas de Londres, alors ?

— Londres, bien sûr que si... Au fait, comment êtes-vous au courant ? Je viens à peine d'en parler à Lars.

— Tu vois bien que tu as dit oui !

Aria se rembrunit. Ce petit jeu ne l'amusait plus. Vis-à-vis de Sullivan, elle éprouvait des sentiments contradictoires. D'un côté, il lui semblait sympathique et bien intentionné. D'un autre côté, il l'agaçait avec son insistance et son cynisme, cette façon de disposer d'elle sans tenir compte de ses refus. Cette réticence ne l'empêchait pas d'être touchée par la lassitude et le désenchantement qui émanaient de lui.

— La scène vous manque, n'est-ce pas ? murmura-t-elle.

— C'est loin, tout ça, dit-il avec une douce ironie. Tout à fait entre nous, je n'étais pas très bon. J'ai appris à chanter depuis que je ne chante plus. C'est ce soir que nous dînons ensemble ?

— Pour apprendre à chanter ?

– Pour t'expliquer ce que tu vas devenir.

Elle fit non de la tête :

– Mes parents m'attendent.

Il saisit son portable :

– On leur téléphone ? Pourquoi ne pas les inviter ?

– Ça, non ! dit-elle en interrompant son geste. Ils seraient capables d'accepter. Ils ne jurent que par Bernard Sullivan.

Il approuva chaleureusement :

– Des gens bien. Tout ce que je veux, c'est discuter avec toi. Je n'essaie pas de te convaincre, de te faire signer des contrats, de bouleverser ta vie. Demande à Lars. Il te confirmera que je ne suis pas un de ces vampires des hit-parades.

– Inutile de déranger Lars, monsieur Sullivan. Je vous aime bien, mais, je vous l'ai dit, je ne suis pas prête.

– Bernard.

– Bernard, répéta-t-elle docilement. Tout va déjà trop vite pour moi. L'audition, Bercy, l'Angleterre... Je suis obligée de me cacher, de mentir. Mes amis s'éloignent de moi. Le garçon que j'aimais a rompu. Si c'est ça, être une star, alors ma petite vie obscure me convient beaucoup mieux !

Sullivan se mit à rire :

– Être star, ce n'est pas un métier. Chanter, oui, l'un des plus beaux qui soient. La voix est un merveilleux instrument. Je crois qu'il est temps de laisser reposer la tienne.

Il lui tendit la main. Elle la serra. Elle lui était reconnaissante de ne pas insister.

— J'apprécie ce que tu viens de dire, ajouta-t-il. La plupart des filles que je rencontre sont prêtes à tout pour être célèbres, en quelques jours, à n'importe quel prix, quitte à perdre leur identité, leur âme. Toi, malgré ton jeune âge, tu as compris qu'il fallait rester soi-même. Surtout ne change pas. Sauf en ce qui me concerne. Tu n'as rien à craindre d'un vieux chanteur qu'on a pris jadis pour un enchanteur.

Il s'en alla, les épaules voûtées. « Quel âge peut-il avoir ? » se demanda-t-elle. Elle se promit d'interroger sa mère à ce sujet.

Chapitre 13

Bernard Sullivan avait fini par obtenir ce qu'il voulait. Après quatre refus, Aria se retrouvait assise en face de lui dans une brasserie de l'avenue de Suffren. Le chanteur n'avait plus rien d'un vieux monsieur. On lui donnait trente ans, et Aria se demandait s'il n'avait pas joué la comédie de l'homme prématurément usé pour la mettre en confiance et l'attirer à cette place.

C'était sa célébrité qui l'étonnait le plus. Elle le croyait oublié. Or, des gens de tous âges le reconnaissaient et venaient lui réclamer des autographes. Parmi eux, il y avait de jeunes et jolies filles.

Les serveurs étaient aux petits soins pour lui. Tous connaissaient ses habitudes et ses goûts.

– Je ne vous ai jamais vu ainsi, finit-elle par dire.

– En gentleman ?

Gentleman, oui, c'était le mot. Il était élégamment vêtu d'un costume sombre, rasé et coiffé avec soin. Elle n'avait jamais remarqué à quel point ses mains étaient fines. Des mains d'artiste. Au début, elle était un peu gênée d'être le point de mire du restaurant. Puis, peu à peu, elle s'habitua. Elle se sentit même flattée de dîner en tête-à-tête avec une star. Les clients devaient penser qu'elle était sa nouvelle conquête. Elle se donnait des airs de femme quand il rompit le charme :

– Tu as bien dit à tes parents de venir prendre le café avec nous ?

– Mais oui !

Cette façon de la considérer comme une gamine l'ulcérait. Il était question de sa carrière, et c'est elle qui devait décider. Bernard avait beau sourire, son expression paternelle n'était pas ce qui convenait pour adoucir l'humeur d'Aria.

– Alors, qu'est-ce que tu as de si urgent à me dire ?

Après tout, il la tutoyait bien. Pourquoi pas elle ?

– « Urgent » n'est pas le mot. « Important » serait plus approprié.

– Je sais, j'ai une voix céleste, railla-t-elle.

— Justement pas, trancha-t-il. Tu n'es pas faite pour le lyrique, l'opéra, ni même la comédie musicale du style d'*Antinea*. Tu es une authentique rock star.

— N'importe quoi !

Elle ne put s'empêcher de s'esclaffer. Bernard, lui, resta impassible. Il n'avait pas dit ça pour plaisanter. « Complètement déjanté ! » pensa-t-elle, les yeux au ciel.

— Une chanteuse de rock, oui, poursuivit-il, comme si c'était la chose la plus évidente du monde. Tu possèdes tout ce qu'il faut pour ça : le sens du rythme, la souplesse de la voix et du corps. Tu bouges bien.

Elle plissa les yeux d'un air ironique :

— C'est dans les coulisses de Bercy que tu as découvert tout ça ?

— Non, à l'Art School. Et je ne suis pas le seul à le penser. Joss est de mon avis. Elle n'est pas tendre pourtant, la mère Joss ! Il suffit de visionner les séquences qui te concernent pour sentir le rythme. Il te colle à la peau. *Jungle,* par exemple. Même *Black Manhattan* ou *Dream works,* ce ramassis de mièvreries, n'arrivent pas à gommer ce qu'il y a en toi de particulier, d'intense. Ta présence. Tu vois, je ne parle pas uniquement de ta voix !

Aria le regarda, sidérée :

— C'est vrai ? Tu as vu ces répétitions ?

Il acquiesça, une lueur amusée au fond des yeux :

– Toutes, et plusieurs fois. Je possède les enregistrements, cassettes, CD.

– C'est dingue ! souffla-t-elle.

– Une carrière se dessine à partir de sa source, comme une rivière, énonça-t-il, visiblement satisfait de son effet.

– Comment tu as fait ?

– Secret professionnel.

– Ah non ! s'insurgea-t-elle. Tu n'as pas le droit. Ces images m'appartiennent.

– Je ne compte pas les diffuser.

– J'espère bien !

L'indignation la faisait bégayer.

– En réalité, dit-il, je possède des enregistrements d'un grand nombre d'élèves de l'Art School. Mais tu es la seule à m'intéresser.

– Je devrais être flattée, sans doute ?

Il se mit à rire :

– Mauvais caractère ! Je n'essaie pas de m'immiscer dans ta vie.

– Qu'est-ce qu'il te faut !

– Le but n'est pas de trahir tes petits secrets de fabrication. En fait, les professeurs de l'académie ont parfois besoin d'un avis extérieur. Je sers à ça. Il paraît que mon jugement est excellent.

– C'est pour ça que tu connais Joss et Sylvie !

– Et d'autres encore.

Au même instant, une jeune femme à la silhouette ravissante et au visage dissimulé sous un grand chapeau s'approcha de leur table. Aria poussa un soupir excédé. Depuis trois quarts d'heure, le flot des admirateurs de Bernard ne tarissait pas. À sa stupéfaction, au lieu de se pencher vers le chanteur, l'inconnue s'adressa à elle :

— Mademoiselle Clément, je vous ai entendue dans *Antinea*. Je voulais vous dire que vous avez une voix sublime. Voudriez-vous avoir la gentillesse de me signer un autographe ?

Aria regarda d'un air stupide le stylo et le programme d'*Antinea* que lui tendait la femme. « Comment sait-elle mon nom ? » s'étonna-t-elle. Un vif plaisir se mêlait à sa confusion. Mais, en levant les yeux sur Bernard, elle surprit un éclair de connivence entre le chanteur et l'inconnue.

— C'est une idée à toi, cette comédie. Super !

Elle applaudit, attirant l'attention des tables voisines. Sans se troubler, la jeune femme lui prit la main et murmura :

— Bernard a triché en me révélant ton nom, mais l'idée vient de moi, et l'admiration est sincère.

— Tu peux la croire, dit Bernard en riant. Maria Meritt distribue rarement des compliments, sauf à elle-même !

Aria reconnut la célèbre star sous son grand chapeau.

– C'est moi qui veux un autographe ! s'exclama-t-elle.

– Échangeons, proposa Maria.

Elles écrivirent chacune un petit mot, et Aria fut confuse, car celui de la chanteuse était plus beau que le sien. « Petite Antinea, disait-il, ta voix résonnera bientôt plus fort et plus loin que l'océan. M.M. »

Quand elle voulut la remercier, elle vit le chapeau qui s'éloignait pour échapper à ses fans.

– Si tu voulais m'épater, c'est réussi, avoua-t-elle.

– Je n'y suis pour rien, précisa Sullivan. Comme Maria te l'a dit, c'est elle qui a insisté pour faire ta connaissance. Si tu l'avais vue, à Bercy ! Elle était fascinée !

– Alors, c'est vrai, elle a assisté à la représentation ?

Le visage de Sullivan prit une expression sévère :

– Il est temps de descendre de ton nuage. Le monde de la chanson est sans pitié. Sois certaine que personne ne te fera de cadeau si tu ne l'as pas mérité.

– Même toi ?

– Surtout moi. Mon rôle est de te donner des armes pour réussir, ce qui exclut l'indulgence. À ce propos, j'aimerais que tu fasses la connaissance de Michael Campbell.

– Qui c'est encore, celui-là ? demanda Aria avec un grand soupir.

– Un musicien noir, un génie. Le meilleur rocker de sa génération. Il est capable de faire d'une bonne chanteuse une grande chanteuse.

– La bonne chanteuse, c'est moi, je présume ?

– Pas encore, mais ça viendra vite avec Mike. Je peux lui téléphoner ?

Aria différa sa réponse. Dans la brasserie, la curiosité suscitée par la présence de Sullivan s'était calmée. Ils pouvaient maintenant discuter sans se soucier de leurs voisins. Cependant la jeune fille restait tendue. Elle n'avait pas touché à son dîner. Aussi, quelle idée de commander une escalope milanaise !

Bernard agita la main devant ses yeux pour la ramener à la réalité :

– Il s'agit de le rencontrer, rien de plus.

Aria fit la moue :

– Tu ne connais pas tous les talents de l'académie.

– J'en conviens, mais je ne vois pas le rapport ! s'impatienta Sullivan.

– Tu laisses échapper le meilleur de tous, et de loin.

– Ah bon !

– Il se nomme Viktor Jansen.

– Et qu'est-ce qu'il fait, ton mystérieux surdoué ?

– Il compose et écrit des chansons super, il joue de la guitare, il a une voix extraordinaire, dit-elle avec une passion soudaine.

– C'est ton petit copain, je suppose.

Le ton moqueur la mortifia.

– C'est mon ami. Il n'y a pas de garçon plus têtu, fantasque, agressif et insupportable que Viktor.

« À part toi », faillit-elle ajouter.

– Un anarchiste, conclut Sullivan. C'est pour cette raison, sans doute, qu'on ne m'a jamais parlé de lui.

– Il est mal noté, admit Aria. Entre nous, il risque d'être viré. Il est allergique à l'autorité, il sèche les cours et n'en fait qu'à sa tête. Une fois renvoyé, je le connais, il renoncera à la musique. C'est pourquoi il faut que tu lui accordes une audition. Tu vas être scotché !

– Moi ? Non, merci. Je n'en ai rien à faire de ta tête brûlée qui me fera perdre mon temps !

– Si tu reçois Viktor, je rencontre Campbell.

Le visage de Sullivan s'assombrit :

– C'est quoi, ce chantage ? Si tu n'as pas envie de voir Mike, c'est ton problème. Je fais tout ça pour toi, uniquement pour toi. Michael Campbell a d'autres chats à fouetter qu'à supplier les fillettes de l'Art School.

– Je n'ai rien demandé, moi ! s'emporta Aria en se levant.

— Non ? Et ton Viktor Jansen ?

— Oublie ce que j'ai dit, c'était stupide. De toute façon, Viktor aurait refusé de te voir. Tu expliqueras à mes parents que j'étais trop fatiguée pour les attendre.

— Rassieds-toi ! ordonna Sullivan. Quelle peste tu fais quand tu t'y mets !

— Tu ne t'es pas regardé, toi, avec ta façon de décider à ma place : tu vas travailler avec Untel, chanter le rock même si ça te déplaît, dîner avec moi même si tu n'as pas faim, danser, bouger, sourire quand je te le dirai, être sympa avec mes amis, oublier les tiens, tout accepter et la fermer…

Sullivan éclata de rire :

— D'accord, d'accord, je le recevrai, ce Viktor. Mais, par pitié, cesse de secouer la table et d'ameuter le restaurant. Ton plat est tout froid. Tu ne veux pas un dessert ?

— Des fraises, dit Aria en souriant.

Elle avait bluffé Bernard ; il ne restait plus qu'à convaincre Viktor.

Chapitre 14

— Reviens avec nous, supplia Gilles.

Il avait son sourire à voler les cœurs, le regard qui l'avait fait craquer si souvent.

— Et Bérénice ? demanda Aria.

Il haussa les épaules, dédaigneux :

— Bérénice, c'était bidon, tu t'en doutes.

— Elle semblait pourtant prendre tes discours très au sérieux... comme moi, jadis, ajouta-t-elle.

Gilles ajouta une dose de charme à son sourire :

— Tu ne vas pas comparer. Tu es géniale. Bérénice ne sait pas chanter. De plus, c'est un vrai cageot, cette fille !

— Très délicat, apprécia Aria.

En observant son cinéma, elle se demandait comment elle avait pu tomber amoureuse d'un salaud dans son genre. Elle aurait dû lui en vouloir de l'avoir trompée avec Eurydice, le lui faire payer. Elle n'en avait aucune envie. La vérité, c'est qu'elle ne ressentait plus rien, ni regret ni rancune. Juste qu'un vague dégoût.

— De toute façon, ton *Harlem* ne m'intéresse pas, déclara-t-elle. Même si ton projet n'était pas aussi pitoyable, je ne ferais pas équipe avec toi. Je ne te pardonnerai jamais d'avoir dénoncé Viktor. Par ta faute, il risque d'être exclu pour toujours. J'aurais préféré que tu te battes avec lui comme un homme. Mais ça, mon pauvre Gilles, tu en es bien incapable. Tu n'es pas seulement fourbe, tu es lâche !

— C'est ça, va le retrouver, ton Viktor, ricana-t-il. Antinea et son bouffon, vous faites la paire, tous les deux !

Elle s'éloigna avec indifférence. Ses insultes ne l'atteignaient pas. Elle avait bien autre chose en tête. Sa préoccupation immédiate était de revoir Viktor, qui avait disparu depuis l'incident de la guitare. Plusieurs jours d'absence, et pas le moindre signe de vie. Il n'était ni chez lui ni chez Marine.

Comme il restait une demi-heure avant son cours de français, elle monta dans les étages pour contempler le panorama. En se dirigeant vers la

108

verrière, elle constata que la porte donnant accès au toit-terrasse, toujours soigneusement close, était ouverte ce jour-là. Elle continua donc à grimper et atteignit le Jardin du ciel.

Un homme en salopette verte plantait des fleurs dans des bacs de bois, en prévision de la représentation de fin d'année, qui avait lieu traditionnellement en juillet. Coiffé d'une casquette de toile, une cigarette vissée au coin de la bouche, l'homme jeta un regard indifférent à la jeune fille et continua à pelleter un tas de terreau déversé devant la tribune.

Un chaud soleil inondait la terrasse. Aria alla s'accouder à la rambarde et admira le paysage. Les arbres de l'académie étaient si touffus qu'ils masquaient le campus. Prolongés par le feuillage du parc des Buttes-Chaumont, ils formaient un coin de campagne au cœur de Paris. Sans la rumeur qui montait de la ville, on se serait cru en pleine nature.

Comme pour souligner la beauté de l'endroit, des voix s'échappèrent d'une salle de chant dont on avait ouvert les fenêtres. « C'est Charlotte…, se dit Aria. Charlotte et Bruno… Non, Loïc. » Ils répétaient le duo de *Sing Town*. C'était agréable ; un peu trop lent, peut-être.

Aria se mit à chanter avec eux. Bientôt, sa voix envahit le Jardin du ciel. Tout à son plaisir, elle oublia l'heure et le lieu jusqu'à ce que la sonnerie lointaine lui rappelât l'imminence du cours de français. Le jardinier avait interrompu son travail pour l'écouter. Comme elle passait en courant devant lui, il fit un bruit de gorge qui pouvait passer pour un compliment.

Elle arriva en classe la dernière, et se glissa à l'intérieur à l'instant où Julie Gensac refermait la porte, condamnant les retardataires à faire le siège du secrétariat de Martha Ferrier. En la voyant passer, Julie émit un grognement à peine plus mélodieux que celui du jardinier. « C'est le nouveau langage à la mode », plaisanta Aria. Soudain, son sourire se figea : Viktor était sagement assis à sa place.

— Qu'est-ce que tu fais là ? murmura-t-elle en s'installant à sa gauche.

Il se pencha sur ses livres dans l'attitude de l'élève consciencieux :

— Je bosse sur le théâtre classique. Je ne sais pas si tu es au courant, mais, l'année prochaine, c'est le bac de français.

— Tu te fiches de moi ? Ça fait trois jours que je te cherche. Où étais-tu ?

— Je te l'ai dit : je travaillais.

— Et on t'a laissé entrer comme ça ?

— Comme ça, confirma-t-il paisiblement.

— Tu as vu Martha ?

— Quand vous aurez fini vos messes basses, je pourrai commencer ! s'impatienta Julie.

Tout en ouvrant ses livres et son classeur, Aria observa son voisin en douce. Elle connaissait ce teint livide et ces yeux cernés. Viktor n'allait pas aussi bien qu'il le prétendait.

– Il faut que je te parle, chuchota-t-elle.

– Je t'écoute.

– Pas maintenant. Après la classe, dans le Jardin du ciel.

Il réprima un sourire :

– Ce n'est pas une conversation, mais une représentation !

« Si tu crois t'en tirer avec une plaisanterie, tu te mets le doigt dans l'œil, songea-t-elle. Tu ne perds rien pour attendre. »

Elle se désintéressa provisoirement de lui pour suivre le cours. Elle attendait avec impatience le corrigé de sa dernière dissertation, dont le sujet portait sur la création artistique. Elle y avait mis toute son énergie et toute son âme, et n'était pas mécontente du résultat. « Il faut que je décroche la meilleure note », se répétait-elle.

Longtemps, elle avait été la première dans cette matière. Puis les répétitions et les représentations quotidiennes d'*Antinea,* le surmenage, la fatigue et ses deux semaines de maladie l'avaient obligée à manquer les cours et à envoyer ses devoirs au diable. À présent, elle avait repris le rythme. Elle était bien organisée et ne ressentait plus la fatigue.

« La meilleure note ! » supplia-t-elle tandis que Julie saisissait le paquet des dissertations et s'apprêtait à les distribuer avec un sourire de bon augure.

— Je constate avec plaisir que le thème de la création artistique inspire bon nombre d'entre vous.

« Moi, en particulier », pensa Aria, le cœur battant.

Les copies dotées de la moyenne se multiplièrent, phénomène inhabituel, car Julie notait avec sévérité.

— Mademoiselle Clément. La forme est revenue, dirait-on : 16/20 !

« Mon record ! » jubila Aria.

— Et enfin, comme c'est un jour béni des dieux, voici une copie exceptionnelle, originale, intelligente, cultivée, que je vais avoir le plaisir de vous lire. Monsieur Viktor Jansen : 17/20 !

Aria se tourna, suffoquée, vers Viktor, qui baissait les yeux avec modestie.

Julie lut la dissertation, savourant chaque mot, chaque réflexion. C'est vrai qu'il était magnifique, ce devoir. Bourré de références, de traits d'esprit et de formules étonnantes. Aria sourit, vaincue, et murmura :

— Tu m'épateras toujours !

Il se contenta de lui faire un clin d'œil. Malgré son air studieux et les paroles respectueuses qu'il adressait à son professeur, Aria savait que cet exploit serait sans lendemain. Elle connaissait son Viktor par cœur. Il avait prouvé sa capacité de dépasser les autres quand il le voulait. Mais cette compétition ne l'amuserait pas longtemps. Sa soif de liberté reviendrait, et il prendrait le large, comme toujours. C'est pourquoi, dès la fin du cours, elle l'emmena sur le Jardin du ciel.

Le jardinier était encore là, travaillant à son rythme, son mégot toujours coincé au coin de la bouche. Un groupe d'étudiants l'avait rejoint, profitant de l'aubaine : une porte ouverte sur le ciel ! Pour ne pas être entendue des intrus, Aria entretint Viktor à voix basse :

– Je t'ai parlé, je crois, de ce type dont j'ai fait la connaissance, cet ancien chanteur...

– Bernard Sullivan ? Il t'a harponnée, je parie ! ricana Viktor.

Elle haussa les épaules, vexée :

– Sullivan n'est pas le genre à harponner les gens. Il est correct, très pro.

– C'est nouveau, ça !

En examinant Viktor, elle perçut en lui un changement. Sa mine était affreuse, mais il n'avait plus le regard traqué, qui évitait le sien, les tics nerveux et le dos voûté. Il dégageait une sorte d'assurance, de volonté, inaccoutumées.

– Il faudrait que tu le rencontres, dit-elle.

– Sullivan ? Tu m'as bien regardé ?

– C'est sérieux, Viktor. Je t'ai décroché une audition.

– Une audition ? Pourquoi pas une audience ? railla-t-il.

– Je lui ai confié les enregistrements de tes chansons. Mais j'aimerais qu'il t'entende chanter en *live*.

– Et tu as combiné tout ça sans me demander mon avis !

– Bien sûr que non, puisque je t'en parle.

– J'ai donc le droit de refuser ?

– Pas de problème, dit Aria d'un air détaché.

Elle se mit à contempler les toits de Paris en chantonnant, comme si la discussion était close. Viktor, qui n'était pas dupe de cette indifférence, la regardait d'un air soupçonneux. Il finit par grommeler :

– *Go,* vide ton sac !

Aria se retourna, radieuse :

– Tu réalises ?... Si ça marche, tu ne dépendras plus de ton père. Tu seras libre de faire tout ce qui te plaît, et je sais bien, moi, ce qui te plaît...

– Mieux que moi, sans doute ?

– Je veux, oui ! Tu rêves d'écrire.

– C'est ce que je fais.

– Pas toujours.

– Quand j'en ai envie.

Il s'accouda à la rambarde. Le dos tourné au

panorama, il dévisagea Aria avec une expression moqueuse :

— Parce que tu t'imagines qu'en me faisant signer un contrat on va m'obliger à écrire ?

— Signer un contrat ! Prétentieux ! Il n'en voudra peut-être pas, de ta musique !

— On parie ?

— Tout ce que tu veux !

Viktor prit soudain l'air désolé :

— Et puis, non, ce ne serait pas raisonnable. Avec l'académie, les examens, tout le boulot qui m'attend ici...

Elle ne s'était pas rendu compte qu'il se payait sa tête depuis quelques instants.

— Fais ce que tu veux ! explosa-t-elle. Moi, je renonce. Tu sais à qui tu me fais penser lorsque je te vois gaspiller ton génie ? À un gosse de riche qui balance l'argent par les fenêtres pendant que ses copains crèvent de faim.

— Mon génie ! s'esclaffa Viktor. On peut dire que tu n'as pas peur des mots !

— Toi, si, répliqua-t-elle en le plantant sur la terrasse.

Chapitre 15

Le final d'*Antinea* était la séquence préférée d'Aria.

Sa voix s'élevait, solitaire, émouvante et limpide. Tout semblait suspendu à elle, les acteurs pétrifiés dans la contemplation de leur destinée, et l'île qui s'enfonçait majestueusement dans l'océan, grâce au génial mécanisme des décors.

Son chant était un adieu à la terre, à l'amour, à la vie. Le public l'écoutait en silence, sensible au drame et bouleversé par la voix. Pour Aria, c'était le bonheur. Elle aurait aimé chanter ainsi toute la nuit. Avant de les avoir éprouvées, elle n'aurait jamais imaginé l'intensité de cette émotion, ni la magie du lien qui l'attachait au public. Lorsqu'elle chantait, elle oubliait tout, sa timidité, ses doutes, ses déceptions, ses chagrins. Sous son masque, elle se sentait plus réelle qu'à visage découvert, dans son quotidien.

Sa voix mourut dans la douceur d'un aigu savamment prolongé. Un court instant, l'immense palais omnisports demeura silencieux avant de déchaîner ses applaudissements. Aria ferma les yeux. Ce succès, qui était un peu le sien, lui montait à la tête comme une ivresse.

Éperdue de bonheur, elle avait oublié les autres. Les choristes avaient rejoint les acteurs pour participer au salut. Elle était restée seule.

Rob et Arnaud, le chef d'orchestre, vinrent la rejoindre.

— Tu ne te sens pas bien ? s'inquiéta Arnaud.

Il récolta un sourire radieux :

— Si, au contraire, c'est magique.

— Elle s'y croit, la grande prêtresse, ma parole ! plaisanta Rob. Regardez-la, plongée dans sa béatitude !

Arnaud tendit la main :

— Allez, viens saluer.

— Chiche que j'arrache ton masque ! s'écria Rob.

Le danger ramena la jeune chanteuse à la réalité. Le bouffon était capable de tout.

— Si tu fais ça, je te préviens, je quitte la scène !

Lorsqu'elle parut, José Mathias et Bernie Seymour l'applaudirent, et la salle répondit à cet hommage en criant comme si elle identifiait la voix d'Antinea. Aria fut contente d'avoir son masque pour cacher ses larmes. Instinctivement, elle chercha Rob. Il était à l'autre bout de la scène, occupé à saluer dans une tunique de soie bleue qui remplaçait, chaque soir, son sempiternel costume.

Dans les loges, les chanteuses s'abandonnèrent à leur joie.

— Bon public, ce soir, jubila Chloé.

— Tu as déjà vu un mauvais public, depuis la première ? dit Jenny en ôtant son costume de scène.

— Oui, il y a quinze jours, le vendredi.

— À cause de la grève du métro.

— Ce raté que j'ai eu, au deuxième acte ! gloussa Justine.

— Pas plus que d'habitude, dit Rob d'un ton paternel. Celle qui n'a pas eu de raté, par contre, c'est Aria. Vous avez vu sa façon de s'attarder pour avoir le privilège de saluer la dernière ? Une vraie pro !

— Ce n'est pas vrai ! protesta la jeune chanteuse.

— D'abord, qu'est-ce que tu fais ici, dans la loge des femmes ? demanda Lydie.

Le bouffon poussa un hennissement joyeux :

— C'est que je m'y sens si bien !

– Il est toujours où il ne faut pas, ce mec, gronda Jenny. On devrait lui attacher un grelot !

Ensemble, elles le poussèrent dehors.

– Quel taré ! s'écria Chloé en claquant la porte.

Lydie plissa le nez de façon comique :

– Quel langage, ma chère ! De si vilains mots avec une si jolie voix !

– À propos de voix, vous ne trouvez pas qu'Aria a été sublime, ce soir ? dit Chloé.

Comme elles confirmaient toutes avec enthousiasme, la jeune chanteuse se troubla :

– Pas plus que d'habitude, mais vous êtes sympas !

– Chloé a raison, insista Jenny. Chaque soir, tu nous étonnes un peu plus. Et je trouve que tu embellis, en ce moment. Il se passe sûrement quelque chose dans ta vie. Raconte !

– Arrêtez de me charrier ! dit Aria.

– Comme si tu n'avais pas remarqué que le bel Arnaud se meurt d'amour pour toi ! s'exclama Justine. Dommage que tu sois trop jeune. Attends, je vais t'arranger ça.

Au milieu des rires, elle réunit les cheveux d'Aria en chignon tandis que Jenny s'appliquait à la maquiller, ombrant ses paupières, ajoutant de faux cils. Sous leurs mains habiles, peu à peu, une autre Aria, plus femme, apparut dans le miroir sous les yeux amusés de la jeune chanteuse.

Jenny recula pour admirer son œuvre :

– Pas mal. Dommage que Guenièvre ne soit pas là.

Guenièvre Tassard, la maquilleuse, avait assez à faire avec les vedettes du spectacle.

Comme Jenny faisait un dernier raccord de fond de teint sur les joues d'Aria, Arnaud frappa à la porte de la loge et annonça l'arrivée de Pauline Marèse.

– Qu'est-ce qu'elle veut ? s'exclama Chloé.

– Interviewer Aria.

– Qui c'est, cette Pauline ? demanda Aria avec inquiétude.

– Une journaliste, la pire, chuchota Margaux. Une vraie vipère. Je me demande comment Arnaud a pu lui permettre d'arriver jusqu'ici.

– Arnaud, non ! cria Aria.

La porte de la loge s'ouvrit. Mais, au lieu d'Arnaud, elle livra passage à une femme brune, vêtue d'un tailleur gris, très strict, chaussée de bottes, les yeux cachés derrière d'épaisses lunettes d'écaille. Son regard sévère fit le tour de la pièce et s'arrêta sur Lydie :

– Vous êtes Aria Clément ?

Lydie secoua la tête et montra la jeune soliste d'un air navré. Pauline Marèse toisa Aria d'un air incrédule :

– C'est vous, Antinea ?

– Effectivement, mais je n'ai pas une minute à vous consacrer, dit Aria, vexée par le dédain de la journaliste.

— C'est toujours ce qu'on prétend ! s'exclama Pauline Marèse d'un air suffisant.

Comme elle époussetait un tabouret et s'installait dans la loge sans tenir compte du refus d'Aria, celle-ci sentit monter sa colère.

— Je crois que vous m'avez mal comprise : je n'ai aucune intention de répondre à vos questions !

La journaliste se dressa comme si un frelon l'avait piquée :

— C'est la première fois qu'on ose me parler sur ce ton !

— C'est le tort qu'on a eu, répliqua Aria.

Pauline Marèse sourit d'un air féroce :

— Ce que je viens d'entendre me suffit. Je vous conseille vivement de lire votre portrait dans le prochain numéro de *Femmes Modernes*. Vous représentez, mademoiselle, tout ce que je déteste dans la nouvelle génération d'artistes : l'insolence, la prétention, l'impolitesse…

Aria préparait une riposte cinglante lorsqu'elle entendit Justine éclater de rire, aussitôt imitée par toutes les autres. Suivant leur regard, elle vit que la perruque de Pauline avait glissé, révélant le visage de Rob. Le bouffon venait une fois encore de la mystifier ! Elle en fut d'abord suffoquée, mais ne tarda pas à joindre son rire à celui de ses

121

amies en entendant Rob poursuivre sa diatribe d'une voix chevrotante :

— Petites pimbêches, perruches sans cervelle, vous me le paierez, vous entendez ? Je vous ferai chanter, moi ! Que ça vous plaise ou non !

Il arracha sa perruque rebelle d'un air outragé, la jeta sur le parquet et la piétina, simulant la fureur. Puis il effectua une retraite prudente vers la sortie pour échapper aux ballerines et aux paquets de Kleenex dont les jeunes femmes le bombardaient.

Lorsqu'il eut disparu, elles continuèrent à rire de bon cœur.

— Il est encore plus drôle dans les coulisses que sur la scène ! gémit Justine.

Jenny s'affala avec un grand soupir dans un fauteuil de velours antique échoué dans la loge :

— Il me fera mourir !

— Il ne sait plus qu'inventer ! Sapristi, il est minuit ! s'exclama Chloé. J'ai ma Rolls, je vous ramène ?

Quatre d'entre elles acceptèrent de s'entasser dans la « Rolls », en réalité une minuscule voiture italienne, et s'éloignèrent comme un vol d'oiseaux jacasseurs. Aria demeura seule avec Lydie.

— Mes parents sont là. Tu veux qu'on te raccompagne ? proposa Lydie.

Aria hésita. Sullivan avait promis de lui rendre visite après le spectacle. Mais il disait cela depuis une semaine et ne venait jamais. Elle était impatiente de savoir si Viktor avait passé son audition. « Tant pis pour lui, il n'avait qu'à téléphoner ! » pensa-t-elle.

Elle sourit à Lydie :

— C'est gentil, merci.

Comme elles finissaient de s'habiller, on frappa de nouveau à la porte de la loge :

— Quelqu'un pour toi, Aria.

La jeune fille adressa une grimace éloquente à Lydie et leva les yeux au ciel. « Deux fois le même soir ! Le bouffon exagère ! » Penchée sur son miroir, elle vérifiait son chignon lorsque la porte s'ouvrit.

— C'est bon, Rob. Il est minuit et demi. J'ai sommeil et mal à la tête. Ton numéro ne m'amuse plus !

— Ce n'est pas Rob, dit une voix douce et familière.

Aria se retourna, stupéfaite, et se trouva nez à nez avec Laure Visconti.

Chapitre 16

Désemparée face à Laure, qui semblait elle-même crispée, mécontente sans doute, Aria ne trouva rien de mieux que de la présenter à Lydie :

— Voici Mlle Visconti, mon professeur de chant.

— C'est vous qui avez créé cette jolie voix ? s'écria étourdiment la jeune chanteuse.

Laure répliqua en riant de bon cœur :

— Celui qui a créé cette voix est quelqu'un de plus haut placé !

Puis elle se précipita sur Aria pour la serrer dans ses bras :

– J'ai trouvé le spectacle magnifique, les décors, la musique, surtout *La ballade de l'océan*. Tu m'as bouleversée. Je savais que tu avais du talent, mais je dois avouer que je ne m'attendais pas à une telle perfection.

Aria comprit que ce qu'elle avait pris pour de la réprobation n'était que pure émotion.

– Qui vous a dit ? balbutia-t-elle.

Laure sourit avec indulgence :

– Inutile de te cacher dans les coulisses, de masquer ton visage, de fuir les journalistes et d'écarter les indiscrets. Ta voix te trahira toujours, ma petite Aria. Il n'existe pas deux organes semblables, tu le sais bien. Je t'accorde qu'on peut parfois hésiter, mais pas sur la tienne.

– Lydie a chanté, elle aussi, les solos d'*Antinea,* dit Aria sans tenir compte des protestations de son amie.

– Oui, mais ce soir, c'était toi, aucun doute. Tu chantais divinement… et sans autorisation !

Aria baissa la tête d'un air coupable. Laure avait beau être compréhensive, elle ne pouvait aller à l'encontre du règlement de l'école. Or, celui-ci était clair : aucun spectacle public avant le diplôme de fin d'études. Pour l'avoir ignoré, Bruno Marshall et Lavinia Guardi avaient été exclus. Cette sanction ne les avait pas empêchés de faire carrière par la suite, mais elle avait contrarié leur réussite durant quelques années.

– Pourquoi ne m'avoir rien dit ? murmura Laure avec tristesse.

Aria se mordit les lèvres, incapable de prononcer une parole. Laure Visconti s'était toujours comportée en amie. Aria aurait dû lui avouer la vérité. Elle avait failli le faire. Elle y avait finalement renoncé, sachant que, si elle essuyait un refus, elle pouvait dire adieu à *Antinea*. Elle avait beau se sentir en faute vis-à-vis de son professeur, elle ne regrettait rien. Sans cette transgression, elle n'aurait pas connu la merveilleuse aventure de Bercy et le triomphe de ce soir.

Redressant la tête, elle sourit à Laure avec une expression désolée. À cet instant, Lydie, dont elles avaient oublié la présence, demanda timidement :

– Est-ce que je prie mes parents de t'attendre ?

– Inutile, dit Laure, je m'en vais. Je voulais seulement féliciter ma meilleure élève.

Elle se pencha vers Aria pour l'embrasser, en murmurant :

– À demain ?

Cette visite fugitive obséda Aria une grande partie de la nuit. À l'aube, elle téléphona à Sullivan sous prétexte de lui parler de Viktor, en réalité pour envisager son propre avenir, car elle n'avait plus aucun doute : on allait la renvoyer de l'Art School.

Le portable de Bernard était sur répondeur. Elle laissa trois messages, auxquels il ne prit pas la peine de répondre. « Quand on a besoin de lui !... »

En arrivant à l'académie, quelques instants plus tard, elle se sentait si désemparée qu'elle se demanda s'il ne serait pas préférable d'annoncer son départ à Martha Ferrier, au lieu d'attendre une sanction humiliante.

Pour comble de torture, l'Art School n'avait jamais été si joyeuse. C'était un beau mois de mai. Des groupes de musiciens jouaient dans le parc. Sous la treille voisine du parking, une fille dansait. Aria la reconnut, elle s'appelait Élisa. C'était une jeune Italienne, jolie et pétillante. Dès qu'elle vit Aria, Élisa interrompit son numéro pour venir à sa rencontre.

– Vincent Martinez te cherche, dit-elle. Il a quelque chose à te proposer. Il a su que tu avais renoncé à *Harlem*. Or, il cherche une chanteuse pour son propre spectacle, *Inferno*.

– Les nouvelles vont vite ! constata Aria en riant.

Élisa acquiesça :

– Tu connais l'académie, c'est la maison de cristal. Tout se voit, tout résonne. Gilles est cinglé de t'avoir laissée échapper. Une voix comme la tienne ! Moi, je t'aurais mise sous clé !

– C'est ce qu'il a essayé de faire, répliqua Aria.

Élisa lui adressa une grimace compréhensive :

— Vincent n'est pas comme lui, il est vachement cool. Ce n'est pas parce que je l'aime bien, mais son *Inferno* est diabolique, tu vas adorer. Rien à voir avec *Harlem.*

— Pourquoi pas toi ? s'étonna Aria.

— Il lui faut une voix, une vraie. Et puis, je suis sur un autre projet.

— Je ne sais pas si je pourrai, soupira Aria. Dans *Inferno,* j'imagine qu'il faut danser.

Élisa haussa une épaule ronde :

— Si peu !

Aria sourit avec tristesse :

— Si je suis encore là demain, je te promets de parler à Vincent, OK ?

Laissant la jeune Italienne étonnée par la perspective de son départ, Aria se dirigea vers la classe de chant. La conversation qu'elle venait d'avoir démontrait une fois de plus l'importance de l'académie. Pour paraître en scène, il ne suffisait pas de chanter juste. Il fallait savoir danser, habiter la musique, être expressive, jouer la comédie. La chanson était un spectacle complet. Tout cela, l'Art School l'enseignait mieux que toutes les écoles du monde. Mieux que Michael Campbell lui-même, n'en déplaise à Sullivan. « Il faudra bien pourtant faire appel à ce vieux Mike », songea Aria avec résignation.

À la porte de la classe, Laure Visconti l'accueillit avec indifférence, comme si elles ne s'étaient pas rencontrées la veille. Au lieu de la rassurer cette attitude lui déplut. Laure avait-elle informé Martha ? Impossible de lire la réponse sur son masque indéchiffrable. Rien n'était plus cruel que cette incertitude.

Aria gagna sa place à contrecœur. Même le sourire chaleureux et vaguement complice de Vincent Martinez ne put apaiser son irritation.

– Tout le monde est là ? dit Laure. Alors, commençons. Je vais d'abord vous faire entendre un air, le thème musical seulement. Écoutez-le avec attention. Ensuite, je demanderai à l'un d'entre vous de le chanter.

– On peut avoir les paroles ? réclama Vincent.

– Vous les aurez après. Pour l'instant, tout ce que vous avez à faire est d'écouter.

Elle actionna son lecteur. Aussitôt la musique jaillit, et Aria reconnut avec stupéfaction l'une des séquences d'*Antinea*. Elle dévisagea son professeur, mais Laure évita son regard et se contenta de sourire d'un air mystérieux tandis que ses trente étudiants écoutaient la musique dans un silence recueilli.

– Voilà, dit Laure lorsque la musique se tut. Ce que vous venez d'entendre est *La ballade de l'océan,* tirée de la comédie musicale *Antinea*. Comme vous allez le constater, les paroles sont superbes.

Elle distribua le texte de la chanson à tous les élèves. Aria reçut un exemplaire, comme les autres. Elle se demandait où Laure voulait en venir lorsque celle-ci examina la classe en faisant semblant d'hésiter. Puis ses yeux s'arrêtèrent sur Aria :

– Tu veux essayer ?

La jeune fille se leva, le cœur battant. Elle comprenait ce que Laure était en train de faire : elle lui offrait la chance de quitter l'Art School en beauté.

La musique s'éleva de nouveau. Aria ferma les yeux et commença. Jamais elle n'avait si bien chanté. Jamais, ensuite, au cours des multiples représentations d'*Antinea,* elle ne parvint à interpréter la ballade avec la même intensité, la même émotion.

Quand elle eut fini, elle vit la classe tout entière figée dans une admiration muette, et, sur le visage de Laure, glisser une larme.

Chapitre 17

Viktor Jansen et Bernard Sullivan s'observaient en silence. Viktor décelait une certaine méfiance chez l'imprésario, et il se maudissait d'avoir cédé à l'insistance d'Aria. Les jours précédents, elle lui avait téléphoné jusqu'à six ou sept fois. Il n'en pouvait plus.

« Il faut toujours faire ce qu'elle exige », pensa-t-il avec rancune. Tout ça pour subir le dédain de ce Sullivan, qui n'avait pas plus envie de le recevoir que lui-même de le rencontrer.

En se rendant à l'adresse indiquée, Viktor s'était imaginé des bureaux somptueux, un studio d'enregistrement à l'avant-garde de la technique, conformes à la fortune et à la célébrité de l'ancienne star. À la place, il avait eu la surprise de découvrir une villa de banlieue désuète entourée d'un jardinet, vrai pavillon de retraité. À l'intérieur, des murs blancs, peu de meubles, une nudité volontaire.

Sullivan le reçut dans une véranda dont les fermetures métalliques laissaient suinter la pluie. L'ex-chanteur n'était pas rasé. Il portait un vieux survêtement et des chaussures de marche, usées et craquelées, qui semblaient avoir survécu à un raid transhimalayen. « On ne peut pas dire qu'il se soit mis en frais pour moi », songea Viktor. Ce laisser-aller l'aurait plutôt rassuré s'il avait été un signe de décontraction et non pas, comme il le croyait, une marque de mépris.

— Je t'écoute, dit Sullivan en bâillant.

Viktor faillit le planter là, au milieu de son décor miteux. Mais il avait promis à Aria de chanter. Elle tenait beaucoup à ce mec, allez savoir pourquoi ! Il ouvrit donc l'étui de sa guitare en se disant : « Deux chansons, et puis *ciao* ! »

Il choisit les plus tocardes en les accompagnant d'une débauche de vibrations superflues. Sullivan l'écouta jusqu'au bout, impassible, puis il demanda :

— C'est tout ?

— Non, ricana Viktor. Des comme ça, j'en ai des valoches. Mais vous devez avoir mieux à faire.

– J'aimerais entendre quelque chose qui te ressemble, insista Sullivan.

« Il a compris mon bluff, il n'est pas si nul », pensa Viktor. Après quelques accords, il balança sa chanson la plus méchante. La révolte à l'état brut. Tout y était disséqué, détruit, brûlé à petit feu, l'amour, la vie, l'espoir. Il enchaîna aussitôt avec *Enfance,* la chanson préférée d'Aria, les paroles les plus tristes qu'il eût jamais écrites.

Deux autres morceaux inédits suivirent ; puis il s'interrompit. Sullivan restait immobile et pensif. « Je ne lui demande pas d'applaudir, mais il pourrait sortir un mot ! » enragea Viktor. Avec des gestes brusques, il remit sa guitare dans son étui et salua :

– Bon, ben, salut !

Il se dirigeait vers la porte d'entrée lorsque Sullivan prit enfin la parole :

– Il y a de bonnes séquences mélodiques, et des idées intéressantes. Toutefois l'ensemble n'est pas abouti. Il faudrait travailler les textes, être plus rigoureux, plus sobre, éviter le mélo, et ce que j'appelle le vol à la tire, la facilité. Cela dit, je perçois une matière brute encourageante. Si tu veux, je peux te prendre en main. À toi de voir.

Viktor sourit d'un air féroce :

– J'ai mon style. Il plaît ou il déplaît, ça dépend. En général, il déplaît, vous n'êtes pas une exception. Je vous préviens : je n'ai pas l'intention de changer.

Un pli de contrariété creusa le front de Sullivan :

— Si tu es venu me trouver, c'est pour avoir mon avis, je suppose. Désolé, les conseils ne sont pas toujours agréables.

Viktor faillit avouer la vérité : il était venu uniquement pour complaire à Aria. Mais il trouva humiliant d'avoir l'air dominé par la jeune fille. En général, les gens ne comprenaient pas la nature des rapports qui les liaient l'un à l'autre. Ils imaginaient une banale histoire d'amour : « Ils sortent ensemble ! » C'était beaucoup plus beau que ça : une amitié qui offrait tout sans rien réclamer en échange. Et cette histoire, qui avait débuté dans leur petite enfance, ne regardait pas Sullivan.

— Pourquoi ces conseils, au juste ?

— Pour te permettre de monter sur scène, et surtout d'y rester.

Le sourire de Viktor se teinta d'ironie :

— Qu'est-ce qui te laisse penser que j'ai envie de faire le guignol en public ?

— N'essaie pas de jouer au plus malin avec moi, gronda Sullivan. Tu n'es pas le premier à m'interpréter le rôle du poète maudit qui n'a que mépris pour la foule ignorante. En dépit de quelques maladresses, ta façon d'écrire et de composer se plie aux règles du spectacle. Et puis tu es formé à l'Art School, pas vrai ?

— Déformé.

— On sent son influence à travers tes chansons.

Viktor se cabra. Si Sullivan avait voulu le blesser, il n'aurait pas pu choisir meilleur moyen. Déposant sa guitare sur un siège, il s'approcha de l'ex-chanteur et prit un ton confidentiel :

— Si je voulais mettre les foules en transe et me hisser en tête des hit-parades, je sais très bien ce que je chanterais.

— Je serais heureux de connaître ta recette, ironisa Sullivan.

Viktor acquiesça. Il sortit sa guitare. Le pied sur une chaise, l'instrument calé sur la cuisse, le corps nonchalant, les yeux dans le vague, il attaqua une chanson d'amour. C'était un air mélancolique des années 90, intitulé *Le cœur à la dérive,* récit d'une passion malheureuse entre un pêcheur et une sirène. Cette chanson, démodée, avait été autrefois l'un des grands succès de Bernard Sullivan. Viktor l'interprétait avec un frémissement dans la voix imitant le style de celui-ci.

L'ex-star le laissa terminer, puis il se mit à rire :

— Tu es vraiment une pourriture, tu sais ?

— Pourquoi, ça ne te plaît pas ? demanda Viktor avec innocence.

— Je ne sais pas ce qui me retient de te flanquer dehors !

— Moi, je sais : mon génie !

— Génie, mon œil ! En fait, toi et moi, on se

ressemble. À ton âge, j'étais le même salopard, arrogant, insolent, affamé de liberté, agressif. Un vrai cobra dès qu'on s'avisait de m'effleurer le cœur. Il faut dire que, dans mon pays, la tendresse ne courait pas les rues. J'habitais les quartiers nord de Marseille. Un sale coin où le travail et la bonne volonté étaient rarement payés à leur juste valeur. La célébrité et la richesse m'ont permis de prendre une revanche sur les frustrations de mon enfance. Et, quand je les ai perdues, il y a quelques années, j'ai pu repartir à zéro sans chialer sur la cruauté du destin. C'est l'avantage d'avoir pris quelques leçons de souffrance avant l'âge de comprendre.

Il se mit à rire, comme si l'histoire qu'il avait évoquée n'était qu'une plaisanterie, avant d'ajouter :

— Toi, ta faim est d'un autre genre. Ta mère t'a abandonné quand tu étais môme, et ton père s'est éloigné comme s'il avait peur de toi. Tu ne cours pas après l'argent, mais après l'amour. Le public peut te donner ce que tu espères si tu sais t'y prendre.

— Je constate que tu es bien renseigné, grommela Viktor.

— Je m'intéresse à toi.

— Un peu trop, à mon goût.

— Nous sommes faits pour nous entendre, tous les deux, j'en suis sûr.

136

— Oui, à toi l'argent, à moi l'amour, c'est ça le *deal,* pas vrai ?

Ignorant l'impertinence, Sullivan demanda :

— Tu es prêt à bosser ?

Viktor haussa les épaules :

— Ça dépend.

— Pas de condition, dit Sullivan, sans plaisanter cette fois. Je te propose un essai. Tu fais ce que je te conseille. Ça te déplaît, tu t'en vas. Je ne suis pas satisfait, je te vire.

— On croirait entendre mon père quand il m'a proposé de vivre avec lui !

— Qu'est-ce que tu as répondu ?

— Que j'allais réfléchir.

— Sage réaction.

— C'était il y a trois ans, et je n'ai toujours pas donné ma réponse, ajouta Viktor en riant.

Chapitre 18

— C'est quoi, au juste, ton costume ? demanda Aria en dissimulant un sourire.

Vincent Martinez examina la combinaison qui épousait les formes anguleuses de son corps.

— La tenue d'Astaroth, le démon du feu éternel, serviteur de Satan. Ces volutes rouges symbolisent les flammes de l'enfer. Je l'ai dessiné moi-même.

— Ça se voit, dit Esther, l'une des danseuses de la troupe, en adressant un clin d'œil à Aria.

— Tu ressembles à Spiderman, confia la jeune chanteuse.

— C'est pour ça ! s'exclama Vincent. Agathe

m'a demandé s'il fallait rajouter une toile. Une toile ! Je n'ai pas capté ce qu'elle voulait dire. Il s'agissait d'une toile d'araignée !

Agathe était la costumière de l'académie. Tous les membres du groupe éclatèrent de rire. Aria en pleurait. Cet épanchement la libérait de la tension des dernières semaines. Il lui permettait d'oublier les remarques venimeuses d'Eurydice et de Gilles. Dans l'équipe d'*Inferno,* elle avait trouvé la gentillesse et la bonne humeur, grâce à Vincent, qui manifestait un comportement et un humour très britanniques. Son *Inferno* n'était pas le chef-d'œuvre vanté par Élisa, mais le sujet, une parodie de l'enfer, était beaucoup plus original que *Harlem.*

Pour Aria, la proposition de Vincent était la bienvenue : après sa rupture avec Gilles, elle se trouvait sans projet à quelques semaines à peine du concours, alors que cette épreuve était déterminante pour être admise en classe supérieure.

Il était de plus en plus évident que Laure Visconti ne l'avait pas trahie. Néanmoins, Aria se savait en sursis. Elle avertit Vincent :

— C'est super, de travailler avec vous, mais tu vas peut-être te retrouver devant le jury sans souveraine des enfers.

Elle incarnait la Reine noire, sorte de personnage excentrique qui enrôlait les damnés dans un spectacle de hard rock tout à fait infernal.

— Aucun risque, répondit Vincent. Tu es la meilleure. Tu peux mettre le feu à la baraque, ils te garderont quand même !

« J'ai fait pire à leurs yeux », songea Aria.

— Et sur le plan musical, chapeau ! Je ne sais pas comment tu t'y es prise, mais tes propositions sont géniales !

Elle avait profité de ses visites à Michael Campbell pour lui soumettre la partition d'*Inferno*. En s'amusant, le jazzman avait rajouté à l'original quelques touches d'humour et des séquences de rythme endiablé lorsque le spectacle l'exigeait. Les danseuses de la troupe, Esther, Magali et Nina, s'en donnaient à cœur joie.

— Un copain m'a aidée, dit Aria d'un ton léger.

Impossible de citer le nom de Campbell, car le recours à des musiciens professionnels était strictement interdit. Par chance, Vincent avait suffisamment de talent pour donner à l'ensemble du spectacle une harmonie conforme à sa personnalité.

Viktor surgit durant la répétition et s'installa au fond de la salle. De là, il lança quelques remarques au cours des interruptions. Son jugement ne manquait pas d'intérêt, mais Aria trouva son attitude prétentieuse. Cette impression n'était pas faite pour la réconcilier avec son ami. Elle lui en voulait de garder le silence sur son entrevue avec Sullivan. Comme il n'était pas décidé à parler, elle l'interrogea.

– Sullivan ? Une belle enflure ! dit-il.

– Tu vas travailler avec lui ?

– Il en est question.

Cette désinvolture ! Elle aurait aimé le secouer jusqu'à lui décrocher les yeux. Sullivan, c'était son idée. La moindre des choses aurait été de lui raconter ce qu'il avait en tête. Mais rien, pas un mot. Il esquiva ses questions et se passionna pour *Inferno,* au grand dépit de la jeune chanteuse. Comme il discutait interminablement avec Vincent, elle se fâcha :

– On est là pour répéter, oui ou non ?

Vincent la dévisagea, surpris par l'agressivité de son ton :

– Tu as entendu ce que Viktor propose pour le final ?

– Viktor a un avis sur tout, particulièrement quand on ne le lui demande pas !

Viktor leva les bras en signe d'armistice et regagna son siège. La répétition recommença. Aria s'en voulait, mais Viktor la mettait hors d'elle. Après avoir refusé de se joindre au groupe, comme elle l'en avait supplié, il se mêlait de tout. Cet acharnement à critiquer son travail la poussa à se dépasser. Pour l'impressionner, elle se lança à fond dans les chansons rock orchestrées par Mike. Ses leçons portaient ses fruits, alors qu'elle n'avait travaillé qu'une dizaine de fois sous sa direction. Grâce à lui, elle savait bouger son corps au rythme de sa voix, et elle savourait l'étonnement admiratif de Vincent et des trois danseuses.

— Tu fais penser à Madonna ! s'exclama Esther.

Aria secoua la tête en riant.

— Au moins ! On reprend le final ?

Ils furent surpris : d'ordinaire, elle s'échappait toujours avant les autres, ayant mille choses mystérieuses à faire. Ce jour-là, elle paraissait infatigable. Vincent acquiesça.

Après avoir répété le mouvement jusqu'à la dernière mesure, Aria décréta :

— Il faudrait accélérer le rythme et stopper net en cours de mélodie. Une sorte de rupture.

— Tu crois ? demanda Vincent, sceptique.

Ils firent un essai, puis recommencèrent, plus rapidement encore.

— On le tient ! exulta Vincent. C'est top ! La musique meurt brusquement, dans un coup de tonnerre. Génial, vraiment génial ! Qu'est-ce que tu en penses ?

Il s'adressait à Viktor. Mais, en regardant au fond de la salle, ils s'aperçurent qu'il avait disparu. À sa place, ils découvrirent Martha Ferrier. Aria fut stupéfaite : il n'était guère dans les habitudes de la directrice d'assister aux répétitions. Elle fut plus ébahie encore de l'entendre exprimer sa satisfaction, elle toujours si avare de compliments !

– C'est remarquablement composé et interprété.

Aria rougit de plaisir.

– Nous avons beaucoup travaillé, dit-elle. L'équipe est formidable, et le thème de l'enfer imaginé par Vincent est stimulant en diable.

Au lieu d'approuver, Martha la dévisagea d'un air froid :

– Je parlais d'*Antinea* !

Chapitre 19

Devant l'air égaré d'Aria, Lars Willers répéta avec douceur ce qu'il venait de lui annoncer : elle ne chanterait pas *Antinea* au Golden Center de Londres, durant l'été.

— Ils exigent des chanteurs anglais, expliqua-t-il. Tu peux faire partie du chœur, mais pas comme soliste. J'en suis désolé.

— Je survivrai, articula Aria, consciente de son sourire crispé et de sa gorge nouée.

— Quoi qu'il en soit, tu reprendras ta place à Paris, cet automne. Pas trop déçue ?

Aria fit non de la tête. Elle l'aurait été si Lars lui avait préféré une autre chanteuse, Lydie par

144

exemple. Comme ce n'était pas le cas, elle ne pouvait pas lui tenir rigueur de sa déception. Derrière ses lunettes rondes, ses yeux clairs exprimaient une réelle sympathie.

– Tu dois avoir besoin de vacances, non ?

Elle acquiesça. Ces derniers mois avaient été éprouvants. Entre l'Art School et Bercy, le rythme de travail avait été féroce, ne lui laissant le plus souvent que six heures de sommeil. « Dormir jusqu'à midi ! songea-t-elle avec volupté. Paresser, rêver, se balader sans but ! »

– À l'académie, ça va ? demanda-t-il avec sollicitude.

– Très bien ! Nous mettons au point un spectacle original, *Inferno*.

– Joli titre !

Elle songea à Martha. Son avenir était suspendu à sa décision. Si elle perdait à la fois *Antinea* et l'Art School, elle repartirait à zéro. Elle se félicita d'avoir suivi les conseils de Sullivan. Avec Mike Campbell, elle avait découvert d'autres horizons et pris conscience de sa personnalité.

Lars la raccompagna chez elle dans sa Jaguar. Il se comportait toujours à son égard comme si elle était une grande artiste, et non une débutante. C'était un homme charmant, attentionné et honnête. Grâce à lui, elle ne repartirait pas à zéro, comme elle l'avait pensé.

— Jamais je n'oublierai ce que vous avez fait pour moi, dit-elle avec émotion.

Il sourit :

— Moi non plus, je n'oublierai pas ce que tu as fait pour moi.

Elle appréhendait la réaction de ses parents. Ils avaient été si fiers d'annoncer à leurs amis qu'elle allait chanter à Londres ! À sa grande surprise, ils parurent soulagés.

— Tu pourras nous accompagner en Bretagne ! se réjouit Jean-Loup.

Carine approuva vigoureusement :

— Un peu de repos te fera le plus grand bien. La mer, c'est excellent pour la voix !

— L'océan aussi, plaisanta Aria en faisant allusion à *Antinea*.

— D'abord, ton concours ! Une chance que les représentations d'*Antinea* s'arrêtent le 22 juin. Où en es-tu de ta descente aux enfers ? demanda Jean-Loup d'une voix sépulcrale.

— *Inferno* ? Ça se présente plutôt bien. Mais on ne sait jamais : tout dépend du jury.

— Ils sont combien, tes juges ? On se croirait à un procès.

— Six, sept, c'est variable. Il y a des chanteurs, des comédiens, des musiciens, pour la plupart anciens élèves de l'académie.

— Tu vas les éblouir !

Aria se boucha les oreilles :

— Tu vas me porter malheur !

Jean-Loup éclata d'un rire joyeux :

— Superstitieuse, hein ? Toutes les stars le sont !

— Fiche-lui la paix, gronda Carine. Tu vois bien qu'elle est tendue.

Il est vrai qu'elle vivait sur les nerfs à cause de Martha. Les jours suivants, elle s'efforça de travailler comme s'il ne s'était rien passé. Elle se disait qu'on ne pourrait pas la mettre à la porte avant la représentation d'*Inferno,* afin d'éviter de pénaliser l'ensemble du groupe. Aussi se préparait-elle à l'épreuve avec le sérieux et l'application dont elle avait fait preuve en répétant *Antinea*.

Un soir, en sortant du petit auditorium, elle fut stupéfaite de croiser Bernard Sullivan. Le manager lui adressa un sourire discret et poursuivit son chemin.

— Tu le connais ? s'étonna Vincent.

Elle se contenta de dire :

— Je l'ai rencontré.

— Il fait partie de l'un des jurys ! s'exclama Esther. C'était une grande star, jadis.

« Une grande star et un grand cachottier ! » pensa Aria, contrariée. Sa manie de la dissimulation était vraiment horripilante. Alors qu'elle l'avait croisé quelques jours auparavant, il n'avait pas jugé bon de lui révéler la nature de ses rapports avec Lars ou avec Martha. Il était évident qu'on le considérait comme un expert dans son domaine. Prudence ou modestie ? Prudence, conclut-elle : le personnage était loin d'être modeste. « Plus sûr de lui, tu meurs ! pensa-t-elle. Qu'il fasse partie de mon jury, tiens. Je ne lui dirai même pas bonjour ! »

Cette satisfaction lui fut refusée. Sullivan fut affecté au jury des dernières années. Pour sa part, Aria dut affronter un jury composé de six femmes, comédiennes, décoratrices et journalistes.

— Pas une seule musicienne, ni une seule chanteuse ! s'exclama Vincent avec consternation.

— Aucune importance ! le rassura Aria.

Elle simulait la désinvolture, mais au fond elle était crispée, car elle attachait beaucoup d'importance à l'épreuve. Quitte à être exclue, elle voulait partir en beauté. Or, les craintes de Vincent étaient justifiées. Les jurées semblèrent décontenancées par la modernité du spectacle. Pas le moindre sourire. Juste un vague merci lorsque ce fut terminé.

— Elles n'ont rien pigé ! se désola Vincent.

— Je crois qu'on est mal tombés, confirma Aria.

Cependant, en consultant les résultats, deux jours plus tard, ils eurent l'heureuse surprise de voir qu'ils avaient décroché la deuxième meilleure note de l'académie : 85/120.

— Les jurés ont été dégueulasses ! s'emporta Gilles, qui avait frôlé l'élimination avec son *Harlem*.

– C'est vrai qu'ils ont noté sévèrement, reconnut Vincent.

– On ne méritait pas mieux, fit observer Aria.

– Toi, évidemment, tu t'en fiches ! lança Gilles.

Aria secoua la tête avec énergie :

– Je suis concernée et consternée comme vous tous, même si *Inferno* s'en est plutôt bien tiré. Aucun spectacle n'a franchi le seuil des cent points. Cela signifie qu'aucun d'entre nous n'aura les honneurs du Jardin du ciel, le 10 juillet prochain.

Les élèves se regardèrent avec stupeur. Ils n'avaient pas songé à ça. L'Art School avait pour tradition de présenter à une centaine de personnalités le meilleur spectacle conçu par ses étudiants, au cours d'une soirée de gala qui clôturait l'année scolaire. Encore fallait-il dépasser les cent points pour mériter ce privilège.

– La soirée du 10 va être annulée ? demanda Esther.

– Hélas, non, dit Aria. La fête aura bien lieu, mais le spectacle sera confié à un artiste étranger à l'école.

– La troupe d'*Antinea*, par exemple, chantonna Eurydice.

Aria ne prit pas la peine de relever la perfidie : son secret n'avait plus aucune importance depuis que son sort était entre les mains de Martha.

L'annonce officielle des résultats eut lieu le 2 juillet. C'était une cérémonie de principe, puisque les étudiants connaissaient déjà leurs notes. Mais Martha Ferrier aimait la mise en scène de cette manifestation, et elle en réglait elle-même les détails avec un soin jaloux. Comme chaque fois, elle s'adressa à ses quatre cents étudiants réunis dans le grand auditorium :

— La direction de l'Art School m'accorde certains privilèges. Il en est un auquel je suis très attachée : celui d'octroyer les étoiles d'or. Ces distinctions sont rares, c'est ce qui fait leur valeur. Elles récompensent des talents exceptionnels. Dans le hall figurent les quarante étoiles décernées depuis quinze ans. Tous ceux qui les ont reçues, acteurs, musiciens, réalisateurs, danseurs, chorégraphes, chanteurs, sont devenus des stars…

Elle s'interrompit pour scruter la foule des étudiants avant de reprendre :

— Cette année, j'ai le plaisir de vous annoncer que de nouvelles étoiles vont être décernées à deux de vos camarades. L'un a révélé des qualités de comédien…

« Gauvain Lemer », le nom était sur toutes les lèvres. Désigné par Martha, il s'avança vers la scène en simulant la démarche et les difformités de Quasimodo, son dernier rôle.

— Tu vas quitter l'académie, dit la directrice.

Que ceci t'accompagne et te porte chance dans ta nouvelle aventure artistique.

Gauvain plaça l'étoile sur son front et s'inclina. Martha poursuivit :

— Et maintenant, une jeune élève. Jeune, oui. Les étoiles d'or sont d'habitude réservées aux étudiants de dernière année. Mais l'ensemble des professeurs l'a désignée. Moi-même, je n'ai pas pu m'empêcher de lui donner ma voix, alors que c'est elle qui m'a donné la sienne… Aria Clément !

Tous les yeux se tournèrent vers Aria, et elle fut prise d'un étrange vertige. C'était bien son nom qu'elle venait d'entendre. Une étoile d'or en deuxième année, cela ne s'était jamais vu. Ses amis la poussèrent en avant. Ils applaudissaient. Aria tremblait. Sur la scène, la directrice lui souriait. Martha, qui ne souriait jamais !

Chapitre 20

Le Jardin du ciel était particulièrement beau, ce soir-là, avec ses lumières, ses fleurs, ses palmes et ses arbres exotiques. Sur la tribune, les célébrités riaient et s'interpellaient comme au temps où ils étaient étudiants. On reconnaissait Luc Besson, Florent Riaud, Monica Bellucci, Ariane Divine, la chanteuse Valentina, Bénédict Kazan, mécène et patron de l'académie, et bien d'autres encore.

On pressentait un événement, mais on ignorait lequel, et ce mystère agaçait Aria. Les étudiants, installés tout autour de la scène, bavardaient entre eux à voix basse en échangeant les hypothèses les plus folles.

– Alors, petite étoile ? Satisfaite ? murmura Laure Visconti en venant s'asseoir à côté d'Aria.

– Moi qui m'attendais à être virée ! chuchota Aria. Je ne sais pas ce que j'aurais fait sans vous !

– Tu aurais commencé ta carrière un peu plus tôt, voilà tout. Avec Michael Campbell, par exemple.

– Pas moyen de conserver un secret, dans cette boîte ! ronchonna Aria. C'est la maison des ragots.

– « La maison de cristal » est plus poétique.

– On sait tout de moi, et je ne sais rien des autres.

– Qu'est-ce que tu ignores ?

– Ce qui va se passer ici, ce soir, entre autres.

Laure Visconti se contenta de sourire d'un air énigmatique. Au même instant, les projecteurs illuminèrent la scène. Bernard Sullivan parut et commença à régler la sono.

– Qu'est-ce qu'il fait là ? s'exclama Aria.

– Tu ne l'aimes pas ? demanda Laure d'un air malicieux.

Aria renifla avec colère :

– Ce n'est pas la question, mais on dirait qu'il se met à tout diriger à l'académie.

Laure opina :

– C'est lui qui organise la soirée.

Devant une Aria médusée, Sullivan s'empara du micro.

– C'est un honneur d'être parmi vous, les stars de première grandeur, les futures stars, et les étoiles éteintes dans mon genre. Cette école est le lieu magique où naissent les vocations et s'épanouissent les talents. Ce soir, je ne vais pas déroger à la tradition en vous présentant un jeune artiste qui, à mon avis, renouvelle la chanson et, dans une certaine mesure, la musique. C'est ici, à l'Art School, dont il est l'élève, qu'il a révélé les caractères de son génie si original.

– Un élève ? Quel élève ? s'écria Aria.

Laure mit le doigt sur ses lèvres.

– Viktor ! murmura Aria lorsque son ami surgit à son tour sous le feu des projecteurs.

La frustration d'avoir été tenue à l'écart de ce complot ne résista pas à l'admiration de voir son ami métamorphosé, vêtu avec une sobre élégance, le visage apaisé, et hâlé comme s'il revenait d'un séjour dans un pays ensoleillé.

– *Fog,* annonça-t-il en lançant quelques accords sur sa guitare.

Aria approuva. *Fog* était l'une des plus magnifiques chansons de Viktor. Elle se demandait avec perplexité si l'influence de Sullivan et de Campbell n'avait pas atténué le parfum acide qui faisait la force de la chanson. Dès les premiers mots, elle fut rassurée : non seulement Mike et Bernard n'avaient pas rogné les griffes de Viktor, mais, en maîtrisant son agressivité, ils avaient

154

donné une sorte de grandeur à son cri de révolte.

Après *Fog,* Viktor enchaîna successivement *Enfance,* et quatre nouvelles chansons qu'Aria ne connaissait pas. Elle les trouva sublimes. En quelques semaines seulement, Viktor était devenu le chanteur dont elle rêvait. Elle ne lui en voulait pas de s'être éloigné d'elle pendant tout ce temps. Ses chansons étaient le plus beau cadeau qu'il pouvait lui offrir. Il avait réussi un peu grâce à elle, à Bernard et à Mike, mais surtout à lui-même. Les autres n'avaient fait que révéler ses dons. Ces paroles magnifiques, lui seul était capable les chanter ainsi. Aria aurait pu l'écouter éternellement.

Quand il s'interrompit, elle se rendit compte qu'elle pleurait. « Il va encore se moquer de moi ! » pensa-t-elle. Viktor détestait ces émotions de midinette. « Gélatine ou diamant, disait-il, il faut savoir ce qu'on espère d'une chanson. »

Le temps de se recomposer un visage joyeux, elle se précipita vers lui, et arriva la dernière. Viktor était entouré de journalistes et répondait à leurs questions avec une décontraction surprenante.

— Vous écrivez vous-même vos chansons ?

— Je ne laisserais ce plaisir à personne.

— On sent dans vos paroles une souffrance, réelle ou imaginaire. Êtes-vous malheureux ? demanda une jeune journaliste.

— Pas ce soir.

Une célèbre présentatrice de télévision leva la main :

— L'Art School vous a-t-elle beaucoup apporté ?

Viktor regarda du côté de Martha Ferrier :

— Infiniment plus que ce que je lui ai donné. Entre nous, j'étais un très mauvais élève.

— Vous dites cela au passé. Vous ne faites plus partie de l'école ?

— C'est exact, avoua Viktor, mais pas pour les raisons que vous imaginez. Je prétendais manquer de liberté, c'était faux. Je me sentais incompris, alors qu'on a reconnu mes capacités avant que j'en prenne conscience. Mes meilleures chansons, je les ai composées ici, et une jolie voix les a chantées avant moi au Jardin du ciel.

Aria sentit son cœur battre plus violemment, car, en disant cela, Viktor se rapprochait d'elle en souriant.

— Ces textes de colère me semblaient trop personnels pour être chantés en public, jusqu'au jour où une amie m'a dit : « Ton talent n'est pas ta propriété. Il appartient aussi aux autres. » C'est donc à vous tous que je dédie ces chansons. À toi, en particulier, Aria. Et interdiction de sangloter ! ajouta-t-il en serrant la jeune fille dans ses bras.

FIN

Pour continuer à vivre
au rythme de

Lis vite cet extrait de

L'ÉCOLE DES STARS

Mélissa Lioret examina l'imposante construction. Vue de loin, l'Art School faisait penser davantage à une usine qu'à une école. Elle était pourtant l'une des plus fameuses académies des arts du spectacle au monde. Le bâtiment avait servi jadis d'atelier et d'entrepôt.

Mélissa se mêla à la foule anxieuse qui se bousculait pour franchir le porche. C'était le jour du concours d'entrée. Un concours impitoyable : sur cinq ou six cents candidats, soixante seulement auraient la chance d'être admis en première année. La main de la jeune fille se crispa sur son rouleau de textes et de partitions : « Il faut que je sois reçue. À tout prix ! »

Elle était au pied du mur. Au pied du rêve.

Orpheline, la jeune fille avait été recueillie par sa tante paternelle, Louise Lioret. Celle-ci avait tenté par tous les moyens de la détourner de l'académie. Cependant Mélissa tenait plus que tout à sa carrière artistique, et dissimulait une volonté de fer sous une apparence vulnérable. Sa vie était là, derrière ces murs de brique, où des générations de stars s'étaient révélées et épanouies.

La jeune fille franchit le seuil de l'Art School d'un pas décidé. L'intérieur ne ressemblait pas à la façade. Les armatures de fonte et d'acier, les hautes parois de verre, les voûtes couleur de ciel et les planchers de teck rouge évoquaient étrangement un paquebot. Un flot de lumière inondait le hall monumental et les candidats pressés au pied du grand escalier, où un écriteau indiquait : « Danse et théâtre : niveau 2 », « Musique et chant : niveau 3 ».

Chacun était tenu de présenter ces quatre épreuves. Il pouvait choisir en toute liberté les monologues ou les scènes qu'il allait jouer, les musiques et la chorégraphie sur lesquelles il danserait. Pour être admis, le futur élève devait obtenir une appréciation favorable dans les quatre disciplines.

« Je dois y arriver, je peux y arriver ! »

Mélissa ferma les yeux durant quelques secondes. Un garçon qui descendait l'escalier comme un fou la heurta d'un coup d'épaule et faillit la renverser. En s'accrochant à la rampe, Mélissa laissa échapper ses documents, qui se répandirent sur les marches. La meute des candidats piétina sans respect la mélodie de Schumann, les variations de Garner, les paroles de « Girls », le texte de *Roméo et Juliette*.

Comme elle se précipitait pour les ramasser, la brute fit barrage de ses deux bras écartés :

— Tas de bœufs ! Poussez-vous !

Il plongea sous les pieds des « bœufs » et arracha par poignées les précieux documents pour les restituer, tout froissés, à sa propriétaire.

— Ta mélodie, c'est flonflon ! gloussa-t-il.

« Quel plouc ! » pensa Mélissa, vexée et furieuse. Elle lui trouva un physique ingrat : des cheveux d'un châtain roux aux boucles épaisses, un front protubérant, un fort nez sur des lèvres charnues. « Un faune, se dit-elle, une de ces divinités mi-homme mi-bête vénérées dans l'Antiquité. »

161

La lettre de convocation de Mélissa s'ornait d'une énorme empreinte de chaussure. Le faune la lui tendit en grommelant :

— Fais attention où tu vas !

Elle se cabra. Il plaisantait sans doute, mais elle n'avait pas le cœur à rire, pas le jour qui allait décider de son avenir. Après un vague merci, elle lui tourna le dos et monta jusqu'au niveau 3, décidée à commencer par l'épreuve de musique.

Elle étudiait le piano depuis l'âge de huit ans et se sentait plus à l'aise devant un clavier que sur une scène. Pour cette audition, elle avait choisi une étude de Schumann et un air de jazz, *Early in Paris* d'Erroll Garner. Instinctivement, elle vérifia ses partitions. Complètes ! Elle connaissait les morceaux par cœur, mais elle savait que le trac jouait parfois des tours à la mémoire !

Quelque cinquante candidats occupaient le couloir du troisième étage, les uns assis sur des bancs appuyés aux murs, les autres sur le plancher. La plupart avaient des mines sombres ou partaient de rires nerveux. Mélissa s'adressa à une fille aux yeux noirs :

— Dans quel ordre on passe ?

— Celui d'arrivée.

Avec une grimace compatissante, la jeune fille lui indiqua le bout de la rangée. Elle avait l'accent du Sud. « Une Italienne », pensa Mélissa, en comptant machinalement les candidats à l'épreuve de musique. Elle était la dix-neuvième. « Tant mieux, j'aurai le temps de me préparer ! »

Assise sur le plancher, elle observa ses voisins avec curiosité. Face à elle attendaient ceux qui présentaient l'épreuve de chant. Curieusement, le look de ces chanteurs était très différent de celui des musiciens. On voyait des Mariah Carey mastiquant du chewing-gum, des Mary Blige au ventre nu, des Lee Charter cloutés d'acier, et des rappeurs sapés comme Don Choa.

Les musiciens avaient une allure plus romantique, alors que tous les candidats étaient soumis aux mêmes tests. « Chacun commence par la discipline qu'il maîtrise le mieux », conclut-elle.

« Maîtriser » était un bien grand mot. Elle aurait dû prendre davantage de leçons, mais Louise s'y était opposée. « De l'argent gaspillé ! » fulminait-elle. Comme si c'était le sien ! Tristan et Alma, les parents de Mélissa, avaient souscrit une assurance sur la vie, et la compagnie lui versait chaque mois une rente d'éducation. D'ailleurs, la fille de tante Louise, Océane, était elle-même élève à l'académie. Pour elle, rien n'était trop beau ni trop cher. Manifestement, pour Louise, Océane, belle et douée, était le petit génie artistique de la famille, tandis que la pauvre Mélissa...

Lorsqu'elle n'évoquait pas les problèmes d'argent, Louise parlait du talent : « Tu n'es pas faite pour ce métier, Mélissa. Tu es trop sage, comment dire ?... trop appliquée. » « Trop coincée », ajoutait perfidement Océane, qui voulait être la seule à faire partie de l'élite de l'académie.

Mélissa n'avait pas l'éclat et la beauté sensuelle de sa cousine, pas encore. Elle avait quinze ans et demi ; Océane, dix-sept. On en reparlerait. Pour le moment, elle devait se contenter d'un corps trop mince et d'un visage « intéressant », comme on dit d'une fille dont la beauté est prometteuse. Elle n'en voulait pas à Océane pour ses allusions méchantes. Par contre, elle ne pardonnait pas à sa tante de chercher par tous les moyens à la détourner de sa vocation. « Ta mère non plus n'était pas une artiste, répétait Louise. Elle a bien fait de renoncer à sa lubie ! »

C'était faux, Mélissa le savait. Alma avait abandonné sa carrière pour ne pas être séparée de Tristan. Tous ceux qui l'avaient connue se souvenaient de son talent. Elle avait tout sacrifié par amour. Louise persistait à le nier parce qu'elle était jalouse de sa belle-sœur, plus séduisante et brillante qu'elle. « Moi, en tout cas, rien ne me forcera à abandonner. Même pas l'amour ! » se jura Mélissa.

— Le candidat suivant !

Mélissa leva les yeux sur la femme revêche, vêtue de noir, lèvres minces, cheveu rare, style vieille fille. « C'est à moi, déjà ? » Son tour était arrivé plus vite que prévu, et son cœur se mit à battre follement, d'autant plus que la candidate précédente sortait de la salle en pleurs.

— Votre convocation ! s'impatienta la femme.

Mélissa lui tendit la lettre d'une main tremblante.

— Mélissa Lioret... Mélissa Lioret.

La secrétaire consultait sa liste.

— Anne ! cria une voix grave à l'intérieur de la classe.

— Voilà, j'arrive ! maugréa la femme.

Elle dévisagea Mélissa avec sévérité :

— Je n'ai pas de Mélissa Lioret. Vous n'êtes pas inscrite.

— Mais si, protesta la jeune fille, vous avez ma lettre, vous voyez bien !

L'assistante secoua la tête d'un air inflexible :

— La convocation n'a pas valeur d'inscription. Votre candidature a dû être refusée.

— C'est impossible..., balbutia Mélissa.

La femme l'écarta avec fermeté :

— Désolée pour vous, il est trop tard. Vous auriez dû vérifier votre dossier. Le suivant, pressons !

— Voilà ! dit un candidat en se glissant prestement devant Mélissa.

La jeune fille regarda avec désespoir la femme introduire le garçon et refermer la porte. Tous ses rêves s'écroulaient en quelques secondes. Elle était si désemparée qu'elle ne songeait pas à réagir. « Trop tard ! » Les paroles de la femme résonnaient dans sa tête. Ses yeux se portèrent sur les candidats, qui fuyaient son regard. Désespérée, elle se laissa tomber sur un banc, le visage entre les mains pour cacher ses larmes.

Parlez-Vous-Français ?
P.O. Box 226
Madison, NJ 07940
www.parlez-vous-francais.com

Impression réalisée sur CAMERON par

BRODARD & TAUPIN

GROUPE CPI

*La Flèche
en janvier 2005*

N° d'impression : 27762
Imprimé en France